何必為了小事苦惱

Why worry for tiny things

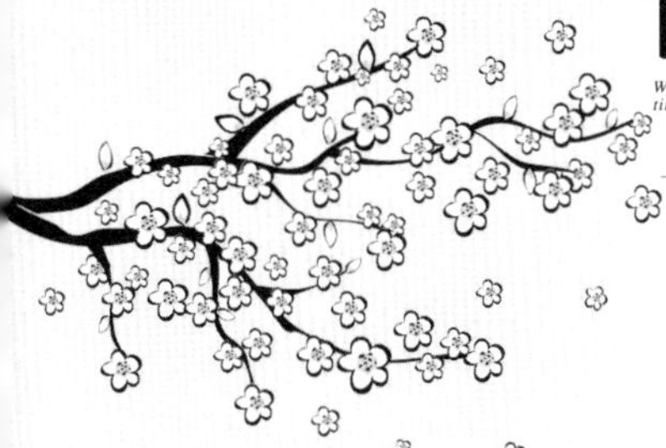

南明離火 編著

別為了惱人的小事，放棄更多快樂的事

喬治．彭斯曾說：「如果有什麼事不是你的力量能控制的，那麼就沒有必要發愁；如果你還有什麼辦法可想的話，那還有什麼好發愁的？」

遇事不用大腦，無端地煩惱，無端地為小事焦慮憂愁，是現代人的通病。如果事情不是你能力所及，再怎麼煩惱也無濟於事，如果問題是你能處理的，又何必為了暫時不順利而苦惱發愁呢？只要能明白這層道理，就不會再為了小事鬱悶，轉而用微笑代替煩惱。

出版序

換個想法，就能豁然開朗

若能學著讓自己用另一種角度去看待事情，許多難以忍受的事，往往也就不那麼讓人難過了。

喬治．彭斯曾說：「如果有什麼事不是你的力量能控制的，那麼就沒有必要發愁；如果你還有什麼辦法可想的話，那還有什麼好發愁的？」

遇事不用大腦，無端地煩惱，無端地為小事焦慮憂愁，是現代人的通病。如果事情不是你能力所及，再怎麼煩惱也無濟於事，如果問題是你能處理的，又何必為了暫時不順利而苦惱發愁呢？

只要能明白這層道理，我們就不會再為了小事鬱悶、煩惱。

人生其實很簡單，只是我們常常把它想得太複雜。

正因為如此，很多人犯了自尋煩惱的毛病，往往鑽牛角尖到了最後，什麼也沒得到，反而平添痛苦。

其實，只要你願意，隨時可以掙脫煩惱的束縛，方法是：換個想法看待所謂的煩惱，千萬不要自尋煩惱。

我們所企盼的幸福，往往就在隱藏日常生活裡，只要懂得放慢腳步，讓胸懷更開闊，幸福人生隨時都可以擁有。

古代希臘有個叫做安琪莫特內斯的人，據說是希臘境內佔有最多土地的大地主。

有一天，他趾高氣揚地去拜訪哲學家蘇格拉底，並向蘇格拉底誇耀他擁有的廣大土地。

蘇格拉底只是笑了笑，信步走到地球儀旁，把地球儀轉到希臘的版塊，然後問他：「請問你的土地在哪個地方？」

安琪莫特內斯呆住了，回答道：「我的地盤再怎麼大，也不可能可以在地球儀上看得見。」

「真可憐，你擁有的土地在地球儀上根本看不見，那還有什麼值得誇耀的呢？你知道嗎？我的腦袋裡，裝著的可是整個宇宙呀！」蘇格拉底笑著說。

接著，蘇格拉底又心平氣和地告訴他：「一旦結了婚，如果娶到的是一個好太太，那你就會變得很幸福；但是如果碰到的是一個壞太太，那就會跟我一樣變成哲學家。」

原來，蘇格拉底的妻子庫桑蒂貝，素來有「惡妻」之稱，每天從早到晚不停的發著牢騷，說蘇格拉底沒出息，賺不到錢。

朋友們經常私底下問蘇格拉底：「你怎麼能夠忍受得了呢？」

蘇格拉底回答：「只要聽習慣了，即使是像水車轉動的聲音那樣吵雜，也不會覺得心煩。」

蘇格拉底因為總是把妻子的牢騷當做耳邊風，從來不和她還嘴，有的時候妻子發起火來，還會裝了滿滿一桶水，從蘇格拉底的頭上澆下去。每回成了落湯雞，蘇格拉底總是自我解嘲：「打雷過，當然會下暴雨，這是古今不變的自然現象呀！」

因此，蘇格拉底夫婦一生之中從來不曾吵架。

據說蘇格拉底就是經常以自己的家人為例子，用來當做教授學生的素材，也正是因為這種豁達而釋然的胸襟，才讓他成為希臘最偉大的哲學家之一。

看來，若能學著讓自己用另一種角度去看待事情，許多難以忍受的事，往往也就不那麼讓人難過了。

聖嚴法師曾說過一段話，大意是說：「當我們面對人生難題時，必須告訴自己去接受它、面對它、處理它，然後放下它。」

人生在世，許許多多糾纏不清的困擾和煩惱，其實都源自於我們不願意認真活在當下，不願意冷靜理智面對眼前的際遇，才會陷入自尋煩惱、作繭自縛的心靈禁錮之中。

只要懂得放寬心，你就會發現，所謂的痛苦、困擾，其實不過是微不足道的小事而已。

「悲觀的人雖生猶死，樂觀的人永生不老。」這是詩人拜倫的經典名言。因此，不妨試著用樂觀一點的角度來面對生活中各種大大小小，讓你困惑煩憂的事，只要能夠從煩惱的陷阱中抽離，眼前的路必定會是開闊明朗的坦途！

1. 換個角度，心情就能平靜

如果你心懷憤恨，表現出來的就是暴躁與憤怒；如果你肯用另一種態度看待事情，壞脾氣自然消失無蹤。

2.

想快樂不一定要靠財富

條條大路通羅馬，能夠得到快樂的方式不只一種，金錢只不過是其中的一項工具罷了。

3. 沒有「理所當然」的事

會為了「理所當然」的事生氣、痛苦，是因為我們總認為自己是正確的，而忘了要站在他人的立場思考。

4. 多一點細心，就能少一些傷心

人類複雜而脆弱的內心，是禁不起隨意踐踏的。尤其，當對方又是自己最親密的人的時候，那種傷害往往更大！

5. 有好運氣，還要靠努力

運氣並不能決定一切，即使有再好的機會與運氣，也要配合自身的努力與毅力，才能夠造就一個人的偉大成就！

6.

順利輕鬆，往往難以成功

人人都喜歡順利輕鬆，沒有人天生就愛吃苦，但想要比別人成功，就不能不比別人多付出一些努力。

7. 向前看，才能看到希望

人生充滿了無限可能，眼前失去的，也許正是為了下一次的得到而準備，只有積極向前看，才有可能看到希望。

8. 有信心，就能走出困境

就算前方的道路看起來既擁擠又坎坷，但如果你能懷抱信心，一定會有柳暗花明的那一刻。

PART 1

換個角度，心情就能平靜

如果你心懷憤恨，
表現出來的就是暴躁與憤怒；
如果你肯用另一種態度看待事情，
壞脾氣自然消失無蹤。

懂得尊重，關係才會長久

就算是血濃於水的家人，依舊需要適度的尊重，更何況是原本毫無關係的夫妻？

這一天天氣很炎熱，丈夫回到家中。

「我回來了，天氣好熱呀！」丈夫直喊著。

見到丈夫回來，太太於是上前招呼：「你回來了，很熱吧？在家裡待著都會出一身汗呢！工作辛苦了，看你汗流浹背的，兒子，快拿扇子來搧搧風。」

「不用了，我還要出去。」丈夫趕緊說。

「出去？你才剛回來呀！還有，現在是夏天，又不是只有你一個人熱，我是要兒子幫我搧風，別那麼自以為是。」

「男人有時候也需要應酬一下嘛！」

「老是說要應酬，不就是在外面喝酒嗎？既然這樣，在家裡喝不是更好？」太太反問。

丈夫聞言撇撇嘴：「對著妳那張豬屁股似的老臉，我怎麼可能喝得下去？」

太太張大了眼睛，雙手插著腰，大聲罵道：「我已經忍你很久了，要是再這樣侮辱我，我一定跟你沒完沒了。而且，十年前是誰說如果不能和我在一起，還不如死了算了的？」

「幹嘛老喜歡把以前的事情挖出來說。」丈夫咕噥著。

為什麼夫妻之間會吵架呢？

這麼說吧，如果把男女比做齒輪，因為男人有四十七齒，女人有四十八齒，所以有時候難免會發生衝撞。

這時候，如果雙方有一方願意退一步說聲「對不起」，其實就沒事了，但是如果執意互相較勁，那問題永遠得不到解決。

夫妻本來就是兩個不同的個體，來自不同的生長環境，也都有各自的脾氣與個性，因此會吵架也是理所當然的。

多數人都認為，夫妻之間不必太過拘束，因而不自覺會出現對對方無禮的言行。事實上，就算是血濃於水的家人，依舊需要適度的尊重，更何況是原本毫無關係的夫妻？

常言道，夫妻要「相敬如賓」，這句話並非只是老生常談，其中也隱含著幾分道理。如果彼此對待對方，都能像對待賓客一樣尊重，那又何來爭執與摩擦呢？

換個角度，心情就能平靜

如果你心懷憤恨，表現出來的就是暴躁與憤怒；如果你肯用另一種態度看待事情，壞脾氣自然消失無蹤。

有一名脾氣暴躁的男子到一位高僧那裡請求開示。

「我是個天生脾氣暴躁的人，這讓我覺得很苦惱。人家都說脾氣暴躁的人容易吃虧，我每次發完脾氣自己也覺得很不好，而且傷害了別人覺得很後悔，但是一切都已經晚了。我今天來這裡就是想請您指點我，有沒有什麼可以治療脾氣暴躁的方法。」

高僧微笑著聽完他的話之後，說道：「這樣啊，你說你生來就有著壞脾氣，想請我幫你治癒。那麼，請你現在發脾氣讓我看看。」

「您要我發脾氣給您看？但是，現在並沒有可以惹我生氣的事情呀！所以，現在我無法發脾氣。」

「但是，剛才是你自己說，這壞脾氣是你生來就有的，既然有，那麼肯定就藏在你身體裡的某一個地方。你就不用客氣了，發個脾氣給我看看吧！」

「不，不，即使現在把我的身體整個搜查一遍，也不可能找到那個壞脾氣的。」

「但是，它一定是藏在某個地方呀！到底在哪裡呢？」

「您這麼說可就讓我為難了，實際上根本沒有這個壞脾氣呀！」

「是嗎？但是這沒道理呀。你說你是天生的壞脾氣，可現在卻沒有了，今後一旦你又生起氣來，一定還是那壞脾氣在搞鬼！」

照這麼看來，如果不是你自己要發脾氣，那壞脾氣又是從何而

來？所以，你說你是一個一生下來就脾氣暴躁的人，這樣的說法是不是太草率了呢？」高僧意味深長的指點了他一番。

想要學會忍耐，最重要的就是一個人自身的心態，如果你心懷憤恨，表現出來的就是暴躁與憤怒；如果你肯用另一種態度看待事情，壞脾氣自然消失無蹤。

所以，千萬不要讓自己心懷怨氣，而是要心懷感謝。如果能先以笑臉待人，那麼自然就會營造出人人笑臉相迎的良性循環。

就像回聲一樣，你發出聲音，對方也發出聲音；你沒有發出聲音，對方也不會發出聲音。

承諾，要如實履行

即使是對自己不利的事情，一旦承諾了就必須要如實履行，這是信用的基礎。

很多人總以為，一個人只要有錢，就夠能使鬼推磨，覺得金錢是萬能的，因而為錢放棄自己的原則。

是呀！為了金錢而改變節操、不遵守諾言的金錢奴隸在這世上確實是多到數也數不清呢！

據說，以歷史學研究著稱的納比爾，有一天早上在散步時，看到一個貧窮的小女孩，手裡正拿著陶器的碎片蹲在路邊哭泣，於是走上

前詳細的問清原委。

原來，這個小女孩的家裡只剩下她和母親兩人相依為命。由於母親大病在身，於是她從房東那裡借來一個瓶子想要去買牛奶，卻在路上不小心把瓶子打破了。她心想，房東一定會狠狠責備她的，這才忍不住哭了起來。

納比爾先生覺得她很可憐，於是從身上掏出錢包看了看，但是自己也是家徒四壁，身上一分錢都沒有。

他想了想之後，對小女孩說：「明天的這個時候妳再來這裡，到時候我會給妳牛奶瓶的錢。」

他和女孩握了手後就分別了。

但是，到了第二天早上，一個朋友突然急急忙忙地跑來告訴他：「有個富翁想要支援你的研究，他說他下午就回來，你現在就趕快去他那兒找他吧！」

納比爾十分高興，但他又想到自己與小女孩的約定。如果去見那個富豪的話，就不能履行和少女的約定了。

一思及此，納比爾立刻對朋友說道：「謝謝你，但實在萬分抱歉，我今天有一件重要的事情必須馬上去做。請你另外選定一個日子吧！」話才說完，他就前去履行和女孩的承諾了。

富豪見納比爾竟然失約，起初還認為納比爾根本是個自以為了不起的人，心裡很生氣。但當他知道了真正的原因之後，卻反而對納比爾更加信任了。

你曾聽過一句話嗎？盈利只屬於有信用的人。

這句話的意思是說，即使是對自己不利的事情，一旦承諾了就必須要如實履行，這是信用的基礎。也唯有講求信用，最終才能讓自己得到最大的益處，那就是來自他人的信任。

很多人都以為，為了金錢適時改變自己的原則，才是聰明、懂得變通的做法，但事實上，為了眼前的小利而甘願破壞珍貴的信用，那才是最不智的。要知道，如果失去了他人的信任，那麼不管做什麼事，都將會寸步難行！

所以，如果明知道不能履行的事情，一開始就不應該答應。因為這不僅會為對方造成麻煩，也會為自己的人格帶來莫大的傷害，我們又怎能不小心呢？

懂得知足，就會感到富足

真正的快樂其實就在保持一顆平常而知足的心，只要懂得珍惜所有就行，並不需要用金錢堆砌。

使我們感到憤怒、懊惱、痛苦、悲傷的，往往往往沒有想像中那麼嚴重，人必須妥善運用智慧，使自己成為生活的主人，才不會淪為生活的奴隸。

據說，小提琴家比德利彈奏的是一架價值五萬美元的小提琴，許多人都為了爭相一睹這把名琴紛紛前來欣賞，他在當天的演奏會上也得到很高的評價。

在滿場熱烈的掌聲中，比德利出現在舞台上。

「看呀！那就是五萬美元的小提琴。」

台下聽眾紛紛竊竊私語，數千人的目光都集中在他手裡拿著的那把小提琴上。

急調、慢調，無法言喻的美妙樂聲，讓滿場的聽眾陶醉其中。

「啊，多麼動人的音樂呀！」

「不愧是五萬美元的小提琴！」

「我真想拉拉看那樣的名琴，就算只有一次也好。」

四處響起不絕於耳的讚歎聲，但多半是圍繞在這架琴身上。

但不知道為什麼，在第六曲的中間，演奏突然中斷。比德利突然起身，迅速的把小提琴朝椅子扔去。

小提琴頓時被砸了個粉碎。

「請大家稍等，安靜一下。」當天的主辦者一邊對台下的聽眾這麼說著，一邊拿來另一把小提琴來到舞台上。

「剛才，比德利先生砸壞的小提琴只是一把普通的小提琴，一般的樂器行都有賣，只要一美元六十分就可以買得到。」

「最近在音樂界，開始興起一股高價樂器的風潮，比德利先生對於這種虛華不實的風氣十分擔心。因為，音樂真正的美妙之處並不在於樂器的高價與否，而是在於演奏者的技巧；這個平凡的真理，比德利先生希望大家能夠明白。接下來要使用的這把小提琴，才是那把五萬美元的真品。」

接著，演奏又再次開始了。

這一回，掌聲仍然和先前一樣熱烈，對觀眾來說，他們完全聽不出便宜的小提琴和五萬美元的名琴，兩者的演奏有什麼不同。

確實，再怎麼高價的樂器也不會自己發出優美的音色，還是必須依靠演奏者才行；更何況，音樂的重點本來就是在演奏者本身，如果模糊了焦點，難免有些本末倒置了。

日常生活中，有許多事也是一樣。許多人一味追求高水準的物質生活，不斷的賺錢、賺錢再賺錢，以為這樣就會讓自己快樂，也能得到別人的尊重喜愛。

然而，這只是自尋苦惱。真正的快樂其實就在保持一顆平常而知足的心，只要懂得珍惜所有就行，並不需要用金錢堆砌；別人的尊重也絕非來自你的財富，而在於你的為人處事與品格。

一旦明白這些道理，我們又怎麼需要再依靠追求些什麼來補足自己呢？只要看看周遭，從內在開始改變，不就能輕易得到我們所想要的快樂了嗎？

腳踏實地，才會有好成績

一旦缺乏紮實的腳步，就算一時做出成績，也只是華而不實的成就罷了，不能長久。

某天，有一個年輕人前去拜訪義大利一位有名的音樂家，並請求音樂家教他唱歌。

「你現在反悔還來得及，音樂這條路是很艱辛的。」音樂家斷然地回絕年輕人的請求。

「不，我已經下定決心了，我相信自己可以吃得了苦，請您一定要教我。」年輕人拼命地請求。

於是，音樂家便定下了一個條件，那就是不管有多麼艱難困苦，也不可以說一句抱怨、發牢騷的話。從此以後，年輕人就住在音樂家的家裡，每天起床後就負責處理三餐、洗衣服、打掃環境，把所有家務都包下來，在這個期間便專心學習聲樂。

第一年，年輕人就在學習音階中度過了；第二年，同樣也只是學習音階而已。到了第三年，年輕人期盼著能音樂家能夠教授他樂譜，但音樂家依然只教了他音階。

轉眼間，又到了第四年，音樂家還是只教音階，年輕人再也忍不住了，於是開始抱怨：「老師，您就不能教我一些樂譜嗎？」

話一說出口，馬上就被斥責了一頓。

到了第五年的時候，老師終於教了他半音和低音的唱法。

到了該年年底，音樂家對年輕人說道：「你已經可以出師了，我已經沒什麼可以傳授給你了。今後不管你在什麼人面前唱歌，絕對不會被人看不起。」

這位年輕人就是義大利知名的歌手——卡伐列里。

在音樂中，即使是簡單的音階也不可以忽視。卡伐列里在這五年間所得到的就是深厚的基礎，有了這些基礎，再如何困難的樂譜也能夠自在的操作。

不管做任何事都一樣，基礎一定是最重要的一環。就像金字塔，如果缺乏基石，又怎麼能堆砌的起來呢？

很多人往往會因為急於求成而想要一步登天，事實上，一旦缺乏紮實的腳步，就算一時做出成績，也只是華而不實的成就罷了，不能長久。所謂「路遙知馬力」，唯有一步一步培養出來的深厚實力，才能真正立於不敗之地。

別讓孩子學會自私

自私的心態會讓孩子變得只知道保護自己、不懂得體恤他人，未來在待人處事上將很容易遇到障礙。

某一天，一名出門辦事的婦人坐在公車上。

車內的空位很多，整輛車顯得既空蕩又安靜，婦人的心情十分舒暢，一個人獨佔周圍的座位，愜意地打開隨身攜帶的書閱讀。

不知過了多久，她覺得有些累了，再加上車子不時的晃動著，於是開始睡眼惺忪的打起瞌睡來。

這時，響起了尖銳刺耳的煞車聲，將婦人從睡夢中驚醒，公車似乎差點與一輛車產生擦撞。

猛烈的衝擊，讓她整個人向前傾，差點從椅子上摔倒。

與此同時，車內響起了幼兒尖銳的啼哭聲。婦人這才發現，在她斜對面的座位上坐著另一位帶著幼兒的年輕母親。

大概是小孩剛才用前額貼著玻璃窗，正在欣賞著窗外飛馳的風景，突如其來的衝擊，使小孩的頭重重地碰在窗戶上，疼痛得不停地哭喊著。婦人有些擔心小孩受傷，於是站起來看了一下，發現似乎沒什麼大礙，這才放下心來。

就在這時，一幕溫暖的畫面深深撼動了她。

大概是疼痛漸漸平息了，小孩的哭聲漸歇，只見年輕的母親一邊撫摩著小孩的頭，一邊溫柔的對孩子說話。

「乖孩子，剛才很痛吧，好可憐呀，媽媽幫你揉一揉就不痛了。但是你知道？窗戶也很痛呀！沒人安慰它怎麼辦呢？還是你和媽媽一

起安慰窗戶好不好？」

小孩點點頭答應了，和媽媽一起輕輕撫著窗框。婦人還以為，這名母親一定會說：「乖孩子，很痛吧，好可憐呀。窗戶壞壞，我幫你打它。」一想到自己的自以為是，她的臉不禁微微紅了起來。

一般在這種時候，多數的父母大多會用「打壞人」的方式安慰孩子的怒氣、藉此平息事件，這是十分常有的事。這位年輕母親落落大方的寬闊胸懷，讓婦人打心裡覺得感動，也領悟了一些，過去自己從未想過的道理。

一個人在遭遇人生的痛苦時，往往會反射性的找出為自己帶來痛苦的對象，透過譴責對方來平息自己的怨氣。但是，不知不覺中，我們卻很容易把這種「怨恨」的習慣根植在孩子的心中。

孩子小時候的品行，可以反映出他日後的行為，在這個時期，父母給予小孩的影響可以說是最大的。

教導孩子一味地強調自我，不試圖瞭解對方的立場，這種自私的心態會讓孩子變得只知道保護自己、不懂得體恤他人，未來在待人處事上將很容易遇到障礙。

事實上，每個人在想著自己的同時，也要能夠為他人考慮。這種力求利己又利人的態度，才是正確的處世之道。

用體貼代替爭執

退一步，不只是海闊天空，更能讓你得到更多意想不到的溫暖，何樂而不為呢？

有個地方，住著相鄰的兩戶人家，甲家總是內戰不斷，而乙家卻能夠相處和睦。

內戰不斷的甲家主人，看到鄰居家總是可以友好相處，覺得很不可思議，於是決定找一天去拜訪乙家。

「你知道的，我們家總是爭執不斷，我覺得很為難，我看您家裡大家都可以和平相處，這當中一定有什麼秘訣吧？如果有什麼可以使家庭和睦的方法，請您一定要告訴我。」

「哪裡，哪裡！我們並沒有什麼可以使家庭和睦的秘訣，只是因為我家全部都是壞人，所以才不會吵架，只是因為這樣而已。」

甲家的男主人聽了這些話，直覺認為乙家主人是在諷刺他，心裡生氣極了，正想破口大罵「你這個混蛋」的時候，甲家的廚房突然傳出了很大的聲響。

似乎是碗盤打破的聲音，不曉得接下來會發生什麼事？甲家主人心裡這樣想著，於是決定靜觀其變。

「媽，真是對不起。我走路太不小心了，才把珍貴的碗打破，是我不好，請妳原諒我吧！」

這是媳婦的聲音，聽得出來，她是發自真心的道歉。

緊接著婆婆說話了：「不，不，不是妳的錯，我剛才就想把它收起來，但還是一直讓它放在那裡，所以錯的是我，我不應該一直把它

放在那裡的，對不起啊！」

確實是如乙家主人所說，在這個家庭裡大家都自認是壞人，甲家主人頓時恍然大悟，也終於明白他們家庭和睦的原因了。

多數人都習慣為自己辯解，一遇上爭執，首先想到的就是自己的立場，往往不願意站在他人的角度想事情，因而很容易與人爭執不休，不只破壞了彼此的和睦，也讓自己滿心怨怒。

但是，如果我們面對每個人的時候，都能夠用主動反省自己的心態，設身處地為他人著想，凡事主動退一步，不就能夠化解許多不必要的紛爭，並且讓彼此的感情更緊密嗎？

退一步，不只是海闊天空，更能讓你得到更多意想不到的溫暖，何樂而不為呢？

別讓自尊心妨礙虛心

承認自己的錯誤，虛心向他人請益，到底會讓我們有什麼實質的損失呢？說來說去，其實就是自尊心作祟而已。

現實生活中，絕大部分的困擾和煩惱，來自於我們的逃避與妄想。與其活在虛妄、無明之中，整天煩惱個不停，何不試著用心靈的慧劍斬斷煩憂，善用那些煩惱的時間去做好自己該做又能做的事呢？

「想要成為大將，第一個條件就是要能夠聽取臣子的進諫。如果不接受進諫，就無法知道自己的錯誤。因此，作為萬人之上的君主，必須要平近易人，多聽取進諫之言。」

「武田勝賴就是因為討厭臣子進諫，因此而滅亡。織田信長也是因為不肯採納森蘭丸的諫言，而導致失足。反觀唐朝的唐太宗，由於願意虛心廣納諫言，因而為子孫後代建立了堅固的基業。」

有位日本史學家說，德川家康的第九個兒子德川義直，經常把這些話掛在嘴邊。

雖然，這種冠冕堂皇的話人人會說，但是要真正做到虛心反省、傾聽諫言，採納別人的意見，卻是一件十分不簡單的事！

有一次，有個人遞上一封匿名信。德川義直一打開信，就看到信上寫著：「您身邊有十大惡人。」信上並列舉了九人的名字，但還有一人的名字沒有寫在上面。

「還有一個人是誰？」德川義直望著身邊的侍從問道。

就在這時，有一個名叫持田主計的年輕家臣說道：「那也許就是大人您吧！」

「你說什麼，我是惡人？」德川義直的聲音中隱隱含著怒氣。

「在下猜想，大概是出於顧忌，所以那人才沒有把剩下的最後一個人寫出來。我想，他或許認為，即使沒有把您的名字寫出來，您也會知道是誰吧！」

持田主計毫不在乎的說道，好像這封信就是他自己寫的。

「我並不覺得這些話有什麼道理，但是如果你認為我有什麼缺點的話，那就說吧！」德川義直不服氣的說道。

「大人您確實有缺點。我覺得大人您應該洗心革面的地方有十處，如果您允許的話，我將一一點出。」

說著，持田主計就在眾大臣面前，滔滔不絕地把德川義直的缺點一條一條列出來。

被臣子當面狠狠地數落了一番，德川義直有些惱羞成怒，而且怒氣久久不能平息，但是經過反省之後，他發現持田主計的數落確實有

很多有道理的地方。

因此，過了幾天後，德川義直便把持田主計加封為大忠臣，並加倍重用他，讓他參與國家政務。這也就是義直被稱為名君的原因。

我們經常會因為面子問題，對於他人出自好心的建議懷抱敵意與排斥。「不願意承認自己做錯了」，正是人類的通病。

但是仔細想想，承認自己的錯誤，虛心向他人請益，到底會讓我們有什麼實質的損失呢？

說來說去，其實就是自尊心作祟而已。事實上，如果能夠放下面子問題，多多採納別人的建議與指教，反而還能夠提昇自己呢！我們又何須為了沒有意義的面子問題惱羞成怒？

用心，就會得到收穫

無論做什麼事，只要用心並且善盡本分，通常就會有好的收穫與結果。

一位唐姓富人的夫人，以賢慧而聞名鄉里。富人膝下唯一的女兒也是公認才貌雙全的才女。

有一位大臣的夫人，決定要讓自己的兒子娶富人的女兒為妻。

於是，大臣夫人便前去富商的府邸拜訪。

唐夫人很快就答應了這門親事，並且在席間當眾告誡女兒：「嫁過去之後，就要像我平時教妳的那樣，一旦成了別人的媳婦，要每天穿好的衣服，吃美味的食物，好好地打理自己。」

「啊，那不就等於討了一個好吃懶做的媳婦嗎？」大臣夫人心裡暗暗想道。但是事情已經到了騎虎難下的地步，也不可以再反悔了，於是，她只好滿懷複雜的心情回到家中。

不久，婚禮如期舉行了。從第二天開始，大臣夫人便暗自觀察新娘的一舉一動。

奇怪的是，新娘每天早上很早就起床打掃屋子和庭院；對公婆和丈夫的照顧也無微不至，廚藝更是沒話說。總之，沒有一處值得讓人挑剔的。而且，新娘不管走到哪裡，都打扮得樸素整齊、一絲不苟。

有一天，大臣夫人再也忍不住了，於是把先前滿腹的疑問全部告訴新娘：「出嫁前，妳的母親不是教導妳，一旦嫁給別人做媳婦，就要每天穿質料好的衣服，吃美味的食物，好好地打理自己嗎？但是妳卻沒有照著做，這是為什麼？」

新娘笑著答道：「婆婆，我母親確實教過我，一旦嫁給別人做媳婦，要每天穿好的衣服，吃美味的食物，好好地打理自己。」

「但她所說的，要每天穿好的衣服，是指要穿乾淨、整潔的衣服；吃美味的食物則是說，只要我勤勞，就可以有美味的食物吃；好好地打理自己，就是要我把自家的屋子、院子，廚房打掃乾淨。」

唐夫人的教育方法，使大臣夫人深受感動，從此以後，也對這個媳婦更加疼愛了。

確實，無論做什麼事，只要用心並且善盡本分，通常就會有好的收穫與結果。並且，如果能用更積極、正面的心態看待自己分內的事，就更不會覺得那是一種負擔，反而還會甘之如飴呢！

有決心，成功就會來臨

只要能專心一意，超越時間和空間，擁有不達目的誓不罷休的決心，不管什麼事情都能夠做得到。

有個男子站在射擊場上，帶著兩根箭正準備射擊。

「喂，你還是個初學者吧？初學者只許帶一根箭。」一直站在旁邊的一位白髮教練冷淡地說道。

「是的，遵命。」雖然不懂為什麼，但是生性老實的男子還是依照教練的話，把一根箭扔了。

「記住，只剩下這一根了。」教練淡淡的提醒他。

由於只剩下這唯一的一根箭，男子不得不集中所有注意力，最後竟漂亮的把箭穿透了靶心。

一個初學者就有這麼亮眼的表現，頓時贏得了滿場喝彩。但是，老教練要他「只許帶一根」的意義，男子卻怎麼也搞不明白。

經過一番思索，他決定請教那位教練。

這次，老教練滿臉笑容地回答他：「這沒有什麼奧妙之處，只是心理作用而已。你想，如果你心理上依賴著第二根箭的話，那麼，就無法對第一根箭集中注意力，自然容易產生失誤。」

男子頓時有些明白了。

「如果沒有把所有勝敗都集中到這一根箭上的覺悟，那麼即使給你十根箭也毫無用處。」老教練接著補充。

以為這次不行還有下次，這種想法可以說是專心的大敵，一旦出現這種想法，當然永遠都無法專注。

說到專注，就不得不提提彼德的故事。

彼德是一名學者，他把所有家務都交給妻子，自己一心一意的專注於學術上的研究。有一天，他的學生急急忙忙地跑來告訴他：「隔壁鄰居家著火了，我們必須趕快離開這兒。」

他卻連看都不看對方一眼，並且說道：「我把所有事情都交給妻子了，你有什麼事情就和我妻子談吧！」

專注到這種程度，聽起來簡直就像是天方夜談，但他的的確確十分專注的投入在自己的研究中。

同樣的，只要我們能專心一意，超越時間和空間，擁有不達目的誓不罷休的決心，不管什麼事情都能夠做得到。記住，如果想要成功，就要當作自己只有一根箭一樣，專心一意的往前邁進才行。

PART 2

想快樂不一定要靠財富

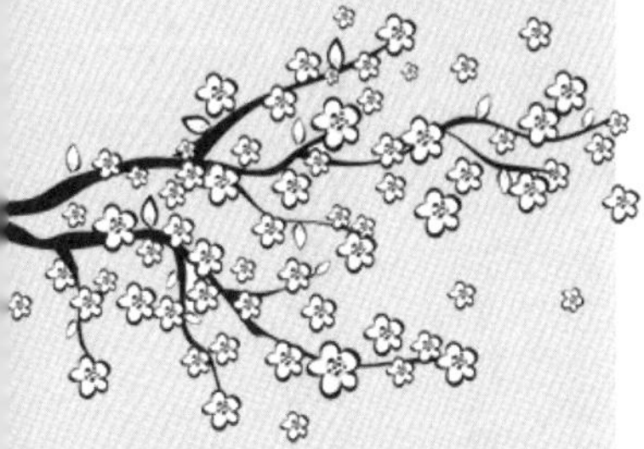

條條大路通羅馬，
能夠得到快樂的方式不只一種，
金錢只不過是其中的一項工具罷了。

想法樂觀，生活自然愉快

要是覺得壓力太過沉重，不妨試著改用更輕鬆的心情，來面對眼前諸多的問題，相信你將會因此更愉悅自在。

人要過得自在，就必須讓自己心無罣礙。

因為唯有心靈先打理乾淨了，心情才可能獲得真正的平靜。

很多時候，只要懂得轉換念頭，就會發現許多事實在不值得煩憂，你的心也會因為一個轉念之間，變得堅強成熟。

人生中，煩人惱人的事情很多，許多瑣碎小事逐漸累積起來，就會形成心理上的一大重擔。

要將自己的心情打掃乾淨並不困難。因為，只要懂得適時放開手，多數煩惱就會自然而然煙消雲散。

當心中的烏雲一掃而空，海闊天空的好心情也就隨之而來。

有個住在山裡的人到海邊人家作客，為了表示歡迎，熱情的捕魚人準備了三四道平常在海邊不容易吃到的青綠蔬菜，這對海邊人家來說，是最高級的菜餚。

山裡人看到滿桌子的菜，卻忍不住皺著眉頭想：「這些菜平常在山裡頭都吃到不想吃了，怎麼出了山，還是這些菜。而且還沒有山裡頭現採的新鮮呢！」

「這些菜不合你的口味嗎？」漁夫關心地問。

這人勉強笑了笑，搖搖頭說：「不會啦！這些菜很好。」

漁夫的妻子見狀，使了個眼色，要漁夫將桌上的菜餚都端進廚房。山裡人愣愣地坐在位子上，不曉得漁夫在打什麼主意。

沒多久，漁夫又端著那些菜餚回來了，看起來似乎沒什麼改變，這更讓山裡人感到困惑。

「多吃點！」漁夫豪邁地夾起青菜放進碗裡。這人將信將疑，也跟著夾了一小口放進嘴裡。

「咦？這加了什麼嗎？變得這麼好吃！」

此時，漁夫的妻子起身走進廚房，拿出一個裝滿白色石頭的小碟子，笑說：「這叫鹽巴，是海水賜給我們的禮物。這些青菜就是因為加了一點點鹽巴，才變得那麼有味道。」

或許你會覺得，生活周遭中的許多事物，就像是故事中山裡人吃慣的野菜，看似平淡無奇，不僅不新鮮，或許還讓人難以下嚥。

這時候，我們需要的並不一定是改變菜色，只要懂得轉換一下想法，生活也會像加了鹽巴的青菜一樣，變得美妙無比。

要讓自己的心情隨時保持在愉快的狀態，其實一點都不困難。

曾有人這麼說過：「極好的人生，就是對生活樂觀，對工作愉快，對事業興奮。」

確實，樂觀愉快的心情就如同生活的調味料，可以讓再平凡不過的小事變得趣味十足。只要懂得轉念，改變心情是很容易的，當心中的烏雲一掃而空，海闊天空的好心情自然也就隨之而來。

因此，要是你開始覺得日子過得枯燥無味、一成不變，甚至是壓力沉重，或許這正是提醒你該適時改變的警訊。

這時候不妨試著改用另一種更輕鬆的心情，來面對眼前諸多的問題，相信你將會因此更愉悅自在。

冷靜佈局，才不會亂了腳步

與其不停地嘗試錯誤，不如先讓自己冷靜，並花點時間安排調度，才不容易陷入慌亂的陷阱裡。

有一個人得了急性腸胃炎，肚子不斷發出咕嚕咕嚕的聲音，絞痛難耐，於是向醫生求助。

醫生用手摸了摸他的肚皮，仔細診斷之後便告訴他：「問題不大，不過藥的配製手續有點繁複，所以你得再忍耐一下。」

接著，醫生就拿出數種草藥，配上粉末倒在石臼上，研磨了一會，又取出露水一同攪拌，配製出藥水來。然後便轉身走出去，準備其他的用具。

不一會兒，醫生突然聽見一陣哀嚎聲，推開診療室的門一看，便見到在地上不停打滾的病人。

醫生忍不住吃驚問道：「你怎麼了？」

「我把藥水喝掉了……」病人痛苦地說。

「哎呀！這藥是肛門用的，你怎麼自作聰明呢？」

醫生一邊說，一邊幫病人催吐，費了好大一番功夫，才讓病人將藥水吐出來。接著用葉片將重新配製過的藥水塗抹在病人的肛門。果然，不一會兒，病人的腸絞痛就停止了。

相較於過去的農業時代，現代社會的生活步調越來越快，走一趟大城市與鄉間，就能深切體會這兩種節奏有多大的差異。

腳步走得快，整個人的身心也會不由得緊繃著，壓力自然變大，會不斷催促自己快還要更快。

然而，匆忙與慌張卻是一種容易導致錯誤或意外的負面情緒，會使人在弄清楚狀況之前就草率行事。

就像生了病，光有良藥還不夠，更重要的是得在正確的時間，用正確方式服下去。

做事情同樣不能只講求效率，卻忽略了精確性與適切性。

完成每件事情都需要花費心力，也免不了耗去一些時間，與其不斷重複嘗試錯誤，倒不如先讓自己靜下心來，花點時間安排調度，讓整體結果更趨近完善。

減少嘗試錯誤的時間，就能得到更寬廣的發揮空間。不妨讓自己養成事前大略規劃的習慣，別一個勁兒盲目向前衝，才不至於陷入慌亂的陷阱，甚至在別人看來顯而易見的盲點中，迷失了方向。

光看表象，不足以明白真相——

事事都有表象與內在兩種面貌，表面展露的往往不過是冰山一角，很難讓人一窺事件的真貌。

一個旅人走在林間的羊腸小徑裡，忽然看到石階上有一塊雕成黃鼠狼模樣的黃金，正閃著燦爛的光芒，便興奮地將它撿起來，抱進懷裡繼續趕路。

又走了一段路之後，眼前出現一條不深但頗寬的河流，這人隨手撿起一根樹枝就往水裡探，幸好水不深，只到大腿一半的深度而已，於是，旅人便捲起褲管準備過河。

才走到河中央，突然一條毒蛇從他的懷中探出頭，那人嚇了一大跳，定神一看，發現毒蛇竟然是剛剛撿到的金子變成的！

待他渾身濕答答，匆忙跑上岸之後，低頭一看，哪裡還有毒蛇的影子？只有黃金還在懷中發出讓人心動的金色光芒。

恰巧旁邊有個路人經過，目睹了毒蛇變黃金的過程，感到相當驚訝，心癢難耐地跑進草叢堆裡想要如法炮製，費了好大一番功夫，終於讓他找到一隻毒蛇。

「這下子，我要變成有錢人了！」路人絲毫不理會毒蛇吐出的血紅色細舌，硬是將牠用衣服裹著。

「快變黃金呀！快變黃金呀！」只見他滿臉期待地捧起毒蛇，一邊自言自語，一邊準備走過河川。

忽然間，聽見一聲哀嚎，原來毒蛇狠很地咬了他的手臂一口。

「這怎麼可能？居然沒有變成黃金？」路人跌坐在地，不敢置信

地目送毒蛇溜回草叢裡。

每件事情的發生，必定都有前因後果，斷章取義不只容易製造誤會，甚至還會使自己走上偏激極端的道路，身陷危險之中。無論看見什麼，都應當先自問：「我看見究竟是全部，抑或只是某個片段呢？」

尤其，對於他人所說的話，更不要妄下斷語或輕易批評，因為自己不是當事人，很難清楚理解一件事情的來龍去脈與前因後果，其中可能隱藏的糾葛牽扯或心理因素，更不是單憑肉眼所能看穿。

眼睛所見不一定為真，耳朵聽見的也不見得符合事實，凡事都有表象與實際內在之分，也都可能有一體多面的呈現，表面展露的往往不過是冰山一角，很難讓人一窺事件的真貌。

「不輕易聽信片面之詞」這句話不僅適用於人際之間，也清楚告訴我們，在做任何事或者做出任何反應之前，應力求全面理解，才不至於造成天大的謬誤。

別用自己的尺衡量他人

必須懂得設身處地，站在不同的立場來看待事情，才能更客觀，避免許多因單方思考造成的盲點與困擾。

有一位雲水僧聽說無相禪師對於禪道非常有見地，因此不辭路途遙遠前往拜訪。來到寺院後，只見庭中有一名正在打掃的小沙彌。

「勞煩你引領我，拜見無相禪師。」雲水僧說。

小沙彌搔著頭回答：「抱歉，師父不在，外出說禪去了。」

「這樣啊……」雲水僧臉上有掩不住的失望。

「有事情跟我說也是一樣的，我再替你轉達吧！」小沙彌說。

雲水僧笑著說：「怎麼會一樣呢？」

「你既然不說，又怎麼知道？」小沙彌很不服氣。

雲水僧看著小沙彌，想了想之後，忽然用手指頭畫了個小圓圈，再向前一指。

小沙彌見狀，很快攤開雙手，張大手臂在空中畫了個大圓圈。

雲水僧心裡一驚，自己問對方心胸有多大，想不到這個看似年幼的沙彌竟懂得回答如大海般遼闊。於是，他馬上又伸出一根手指，這回，小沙彌則伸出五根手指頭回應。

雲水僧又是大吃一驚，原來，他問的是一個人該如何自處，沒想到小沙彌竟回答他需持五戒。驚訝不已的雲水僧接著又伸出三指，想問他三界如何，小沙彌毫不遲疑地指著自己的眼睛。

雲水僧當下心想，只是一個小沙彌就有此等造詣，知道三界就在眼裡，更何況是無相禪師呢？於是立即謙虛拜退。

無相禪師回到寺院後，小沙彌立刻氣呼呼地對師父說：「今天來了個怪人，不知道從哪裡得知我出家前是賣餅的，就畫了個圈說我家賣的餅小，我便回他說，我家的餅可大著呢！」

「之後他又問我一個賣多少錢，我說五文錢；那人又比手勢說三文錢可以買嗎？我比了比眼睛，笑他不識貨，想不到他竟然就這樣嚇得逃走了！」

成長歷程與生活環境的不同，造就每個人不同的思考模式，遇到任何事情，自然而然也會由自己最熟稔的角度做沙盤推演、剖析並解釋全盤始末。

藉由經驗去推論前因後果，命中率不見得高，因為不同的人即便遇到相同的事情，也會做出不同的解讀與抉擇，不能只用自己的想法與角度詮釋，偏狹地認定該怎麼做最好。

正因為每個人的思考模式不同，所顧慮與考量的也不一樣，因此在解讀上也相當容易造成誤解。

尤其在某種程度上來說，語言又是一種雖普遍卻粗糙的溝通工具，全憑聽者自行解讀其中傳遞的訊息。想要透過語言還原事件的真相與全貌，其實是一項艱困的工作。

即使再搭配表情與肢體語言，也只能貼切表達約百分之五十的真相而已。至於另外的百分之五十，則需要透過長時間的相處，透過雙方累積的了解與認識和培養出來的默契，才能更進一步了解對方真正想表達的意思。

若只有單方面的想像，與現實往往差距了十萬八千里。因此，千萬別忘了，無論對事或對人，都不能一廂情願用自己心裡的那把尺，度量所有事。

必須懂得設身處地，多站在不同的立場來看待事情，待人接物才能更客觀，也才可以避免許多因單方思考造成的盲點與困擾。

做好自己，才能活出精采人生

我們無須汲汲營營地妄想成為「某人」，只要把握「你之所以是你」的特色與原則，就能活出充滿特色的人生。

生活就是苦樂參半的組合。不少讓人痛苦的事，往往也都是一念之間的轉換而已。

要是一味鑽牛角尖，自然每天都是苦不堪言；如果能夠換一種心態，放開胸懷，用更正面積極的態度看待眼前的一切，每一刻都能過得坦然自在，不受羈絆。

有個學僧前往拜訪惟寬禪師，在門口見到一名小沙彌正把剩餘的

食物餵給街上的流浪狗。

不一會兒，鍋裡剩下的飯菜就見了底。

小沙彌收拾好之後，帶領學僧會見惟寬禪師，之後悄然退下。

「惟寬禪師，好久不見，近來可好？」學僧笑問。

「託您的福，無傷懷大事，無煩惱俗事，一切安好。」惟寬禪師一邊說著，一邊將滾燙的熱水倒入茶壺中。

「方才我看小沙彌拿飯菜餵狗，不嫌浪費？」

「那都是寺裡殘餚，部分分給眾生，部分留做種菜的肥料。」

「您說，這樣施捨食物給狗，狗就能有佛性嗎？」學僧問。

「即便我不施予狗，狗仍有佛性。」惟寬禪師答。

「那您有沒有佛性？」

「我沒有。」惟寬禪師眼神堅定地直視學僧。

「為什麼一切眾生都有佛性，唯獨您沒有呢？」

「因為我不是你所說的眾生。」

「您不是眾生，難道是佛嗎？」

「當然不是。」惟寬禪師笑了笑。

「那您究竟是什麼？」學僧不明白地追問。

「我，也不是『什麼』。」

最後，學僧又問：「那麼，是我們能夠看到或想到的嗎？」

「那正是不可思議中的不可思議。我是我，而你是你。」

確實，我就是我，而你就是你，外在的一切，都無礙生命本身存在的價值。就如同雖然每個人都有五官、四肢及軀幹，但看起來卻各有不同一樣。

事實上，人之所以不同，也不單純只是因為外在容貌相異，而是導因於神情氣度的影響。

所謂「相由心生」，如同國劇裡的每個臉譜，不同的色調與線

條，各自象徵著生旦淨末丑。人心也在臉孔上畫出一條條脈絡與痕跡，自己正是控制了心與表相的畫師。

想要具備怎樣的價值，擁有怎樣的臉孔，決定權在於自己本身。

每個人都可以掌握自己的命運，自由控制喜樂哀愁並學習轉變，每個人也都是獨一無二的個體，擁有與眾不同的「心」。

「你」之所以成為「你」，而不是「他人」，是自己所選擇，因此必須學著對自己負責，並認清自身本質。

更重要的是，世界上沒有內外完全相同的兩個人，所以我們更無須汲汲營營地妄想著成為「某人」，只要充分把握「你之所以是你」的特色與原則，就能活出充滿特色的人生。

時時反省，就能不斷進步

世界萬物都能為師，只有以謙卑又真誠坦然的態度處世待人，時時省思檢討，才能讓每一天都比昨天更好。

宋朝時期有位惟則禪師，年少時便剃度遁入佛門，以草結成屋，獨自在不見人跡的深山修行。

有一天，一個樵夫路過庵草堂，見到白髮蒼蒼的惟則禪師，好奇地問：「您在這裡住了多久呢？」

惟則禪師和藹地回答：「差不多已有四十個寒暑了吧！」

「您一個人在這修行嗎？」

「是呀！此處是叢林深山，相當清靜，一個人在這裡都已經嫌太多，還要那麼多人來做什麼呢？」惟則禪師說道。

「難道沒有朋友或親人嗎？他們怎麼放心讓您一個人待在這個杳無人煙的地方呢？」樵夫問。

惟則禪師笑了笑，舉起手「啪啪」拍了兩聲，遠處突然響起陣陣低沉的野獸吼叫，隨著地面傳來踏草的聲響，嗚吼聲也逐漸變大。不一會兒，老虎、花豹等野獸都紛紛從草庵後冒出頭來。

看見這麼多野獸匯聚一堂，樵夫嚇得臉色慘白，跌坐在地上，拚命揮動雙手往後爬。

「別怕，別怕。」惟則禪師笑道：「這些都是我的朋友，你用不著害怕。」隨即又擊掌一聲，群獸立刻安安靜靜地轉身離開。

「在這裡，我有很多朋友，放眼大地山河，花草樹木，蟲蛇野獸，無一不是好夥伴，怎麼還會寂寞呢？」惟則禪師笑說。

樵夫十分驚訝，立刻跪下說道：「您物我不分的胸襟，連這群野獸都敬佩，實在太偉大了，請讓我跟隨您吧！」

惟則禪師笑答：「何必拜師呢？要知道，你就是自己的老師呀！只要時刻保有『見水，水是師；見山，山是師』的心態，隨處都是學習的好地方，不一定要跟隨任何人。」

沒錯，每個人都可以是自己的老師。

孔子曾經說過：「三人行，必有我師。」這句話是要我們明白人世間處處都有值得學習之處，只要抱著一顆敏銳且願意隨時隨地學習的心，無人無事不可以為師。

每個人的成長過程，也正是一次次抉擇並嘗試後，所累積而來的結果。若我們能懂得用心搜羅並聆聽他人的經驗，再加上消化理解，便能將這些經驗變成自己的一部分。

聰明人會汲取別人的經驗作為借鏡，不用花時間將每種路都走過一趟；普通的人會在跌倒後成長，痛過後記取經驗，不再犯相同錯誤；只有愚蠢的人會在同樣的地方反覆跌倒、打轉，卻執迷不悟，堅守著不肯離開。

我們必須先擁有判別的能力，知好壞而後增長智慧。就算再虛心向學，也得先選對學習目標與方向，才能掌握到重點不至於迷失。

最要緊的，就是謹記「世界萬物都能為師」的道理，以既謙卑又真誠坦然的態度處世待人，時時省思檢討，才能讓每一天比昨天更好。

想快樂不一定要靠財富

條條大路通羅馬，能夠得到快樂的方式不只一種，金錢只不過是其中的一項工具罷了。

有一位員外聽說村外的山上，有座非常靈驗的寺廟，而且從不收取分文香油錢，也禁用動物牲禮祭拜，只接受鮮花素果。

員外心想，別人只是擺一盤水果，就能換得功名，自己要是送上一對昂貴的黃金花瓶，飛黃騰達豈不指日可待了嗎？

於是，他雙手各執一個純金打造的花瓶，上氣不接下氣地爬完數百級石階，來到廟堂前。

廟門口站了位老和尚，一見到員外，立刻伸手直指著他，說道：「放下！」員外一聽，馬上將右手的花瓶擺在地板上。

此時，老和尚又說了一次：「放下！」員外猶豫了一下子，便又小心翼翼地將左手的花瓶擺下。

然而，老和尚還是對他說：「放下！」

員外感到有些不高興，便說：「我雙手已經空蕩蕩，沒有什麼可以再放下了，請問究竟你還要我放下些什麼？」

「我並沒有叫你放下花瓶，我要你放下的是心和念。唯有當你把那些東西統統放下，沒有任何罣礙，才能從桎梏中解脫出來。」

老和尚說完之後嘆了口氣，便轉身進入寺內，只剩下員外一個人呆愣愣地杵在原地。

無論一個人已經擁有了多少財富與物質享受，只要不懂得滿足，就註定將無止境地繼續追求，得到越多，越會覺得空洞、孤單。

這是因為，人心中那個貪婪的黑洞，並不會因為擁有更多的物質而縮小，反而將更加擴大，令人難以跳脫。

物質資源有限，人心的慾望卻無盡無窮，這正是最可怕的地方。條條大路通羅馬，能夠得到快樂的方式不只一種。金錢只是工具，就如同抵達快樂的一塊石階，藉著踏過這塊石階，人們得以獲得自己真正想要的東西，可能是足以遮風避雨的窩，也可能是非常精緻美麗的藝術品。

但通往快樂的途徑很多，並不一定非得踏過金錢這塊石階。別一味將目光停留在自己沒有的東西上，也別讓自己被淹沒在功利社會的洪流裡，被物質奴役，只要睜開雙眼，看清楚現狀，就能找出一條最適合自己的快樂之路。

自己的人生要自己決定

人生是自己的，必須好好認清自己，時時停下腳步聆聽心底真實的聲音，才能做出最適切的決定。

曇照禪師每日向信徒開示時，照例都會大聲呼喊：「快樂呀！快樂呀！人生好快樂呀！」

後來，他患了重病，只能整日躺在床上，無法獨自進食，需仰賴弟子們輪流照看，便改口喊道：「痛苦啊！痛苦啊！好痛苦啊！」

有位住持和尚偶然聽見他的哀嚎聲，便循著聲音來到禪師養病的房間，劈頭就罵：「喂！我還以為是哪個不懂事的小和尚哀聲連連，你身為一個出家人，卻這樣整天喊苦喊痛的，像話嗎？要是讓人聽見，你過去的苦行不就全都白費了。」

曇照禪師強忍著痛，緊皺眉頭說：「健康時快樂，生病時痛苦，這不是理所當然的事情嗎？為什麼不能叫苦呢？」

住持面色嚴厲地說：「記得有一次你掉進河裡，差點淹死，卻還面不改色。當時那種無懼無畏、視死如歸的樣子，多麼令人敬佩！如今那份豪情何在？平時都說快樂、快樂，為什麼到病的時候，卻要改口喊痛苦、痛苦呢？」

曇照禪師搖搖頭，對住持和尚說道：「你到我床前來！看清楚我現在的樣子。」

住持往前幾步，立刻聞到一股掩不住的腥臭味，即使周圍插滿了各式鮮花，香氣仍蓋不過腐敗的氣味，原來觸目所及，禪師身上皆是潰爛的皮膚。

曇照禪師看著住持一臉驚嚇的表情，接著說：「死亡並不可怕，所有的俗事轉眼就消失了，快樂與痛苦在死亡面前都顯得微不足道。所以快樂時說快樂，痛苦時說痛苦，不過是順情勢而為，不矯情而已，沒有什麼了不起，自然也不是可恥的行為。」

最後，曇照禪師輕輕地問道：「住持大和尚，請你告訴我，現在的我，究竟該說快樂？還是說痛苦呢？」

曇照禪師這番話，頓時讓住持和尚無言以對。

你是否曾經問過自己，能不能完全拋去一切外在規範，誠實面對自己的內心？

外在有許多枷鎖，例如別人給予的期許、社會規範、根深柢固的價值觀等等，都讓自己在面對接連不斷的選擇題時，有所猶豫顧忌。

摻雜在眾多雜音中，自己內心真實的想法往往變得難以辨識，結果可能為了好面子，做出相左的決定；可能為了讓父母肯定，而選擇當聽話的孩子，忽視了真正的渴望。

在某種程度上來說，這也算是有違「快樂時說快樂，痛苦時說痛苦」的自然天性。

人生是自己的，必須自主決定每個十字路口的轉彎方向，無論走到哪裡，都無法將錯誤歸咎於其他人，必須好好認清自己，時時停下腳步、放空心靈，聆聽心底真實的聲音，才能做出最適切的決定。

善用技巧，勸誡才會見效

勸誡的目的，在於讓人改過遷善，規勸的人必須掌握技巧，才能讓勸說達到事半功倍的效果。

無相禪師在盛年之時，曾出任諫官，向好戰的皇帝進獻諫言。當時，皇帝為了擴張領土，準備舉兵征討邊疆的蠻族。然而，那些蠻族從未侵犯邊境的人民，因此無相禪師大為反對，直言阻擋出兵。

由於採用的勸說方式太過直接，讓貴為九五之尊的皇帝顏面掛不住，當下便革了他的官職，其他官員為了保住烏紗帽，無不噤若寒蟬。不久，皇帝大舉出兵邊疆，展開殺戮般的征討，如願擴張了領土，但也得到暴君的稱號。

同時，無相禪師則因為無法讓百姓免於殺戮，選擇了剃度出家。經過了二十幾年的誦經、參禪，他的修為有了大幅的進步。等到寺院的方丈圓寂後，便順理成章接下了方丈的職位。

一天夜裡，有個小偷潛進寺院，在方丈的房間翻箱倒櫃。誰知，還沒來得及找到值錢的東西，就聽到腳步聲，於是他只好急急忙忙躲進陰暗的角落裡。

剛做完晚課的無相禪師回到禪房，發現房內一團亂，便知道遭竊了。心裡雖想放小偷一馬，但還是忍不住想對對方稍加教訓，來個機會教育，便說：「喂！朋友，既然要走，請順便為我把門關好。」

如此還不夠，接著又說：「你也是好手好腳、四肢健全的人，應該好好工作，少做些雞鳴狗盜之事才是。」

小偷先是一楞，畢竟自己偷遍附近村莊，還從沒遇過這麼有趣的人，隨即回嘴道：「和尚，原來你這麼懶呀！連門都要別人關，難怪寺裡一點值錢的東西都沒有。」

無相禪師沒料到好心不追究，反倒被奚落一番，十分不悅，便沉下臉說：「值錢的東西不是沒有，但你也未免太過分了，難道要老和尚我每天辛辛苦苦賺錢買東西給你偷嗎？怎麼不自己去工作呢？」

原本想離開的小偷聽到這番數落，立即惱羞成怒，抽出佩在腰際的匕首，架在無相禪師的脖子上，大喝道：「老和尚，有錢的話，還不趕緊給大爺拿出來！」

無論面對皇帝或小偷，為什麼無相禪師總讓自己身陷險境呢？說穿了，就是因為他在說話前沒有看清對象，更沒有詳細思考過後果。

雖說「有理行遍天下」，但這句話卻也不見得全然適用，還得先看看自己遇上什麼樣的人再說。規勸他人之前，必須先看清對方的性格，摸清情況，不是每個人都聽得進勸告。

勸說的方式，必須因時、因地、因人做出調整。最好避免在對方處於氣頭上的時候訓誡，發怒的人很難保有理性，還要避免在第三者面前指出對方的錯誤，以免對方面子掛不住。

勸戒的目的，在於讓人改過遷善，為了使對方不再重蹈覆轍，規勸的人必須掌握技巧，才能讓勸說達到事半功倍的效果。

PART 3

沒有「理所當然」的事

會為了「理所當然」的事生氣、痛苦，
是因為我們總認為自己是正確的，
而忘了要站在他人的立場思考。

遇到困難，要懂得靈活轉圜

不管遇到任何事，若是只曉得硬碰硬、遇到困境時也不知道要適時轉彎，就很容易讓自己深陷無法挽回的境地。

有個男子遭逢事業失敗，沮喪的回到家中對妻子說道：「我已經完全失敗、徹底絕望了，家裡的一切財產都會被查封抵債的。」

正當他兀自沉浸在絕望的泥淖裡，沒想到妻子卻微笑著問他：「那可真是糟糕呀！但是，你的身體也會被查封嗎？」

「不，這怎麼可能！」男子回答。

妻子又問：「那，我的身體也會被查封嗎？」

「當然不會，和妳一點關係都沒有。」男子十分訝異的說道。

「那，孩子們呢？」妻子再問。

「孩子們更是沒問題了。」

「那你為什麼還這麼沮喪呢？家裡最重要的東西不是都還在嗎？健康的身體和可愛的孩子們，這才是家裡最重要的財產呀！我們只是白白辛苦了一場而已，金錢和財產只要努力，還怕賺不到嗎？」

聽了妻子真誠的鼓勵，原本沮喪的丈夫一下子打起精神，後來，更是順利克服困境，一家人重新過著幸福的生活。

曾經有人做過一項實驗，分別在雌雄兩隻兔子的腳上纏上繃帶，在實驗期間依舊照常餵食。

雄兔子馬上顯得很煩躁，不斷的搖頭，咬繃帶，拼命努力地想要嘗試擺脫繃帶的束縛。但是反觀雌兔子，在剛開始的時候雖然也曾試圖咬掉繃帶，但是當它知道這完全是白費力氣時就放棄了。不久之後，雌兔子開始進食，並在一旁休息，不再做徒勞無功的努力。

實驗的結果，雄兔子由於體力消耗太大死亡了，雌兔則安然無恙的繼續活著。

雄兔徒勞的愚蠢和雌兔的堅強，與男女兩性面對困境時的直接反應竟然有著如此驚人的相似之處，無怪乎有研究指出，女性的平均壽命一直高於男性，這大概也可以算是大自然的奧妙吧！

不過，若是用「柔能克剛」這句話來解釋，這其中的道理就簡單易懂得多了。不管遇到任何事，若是只曉得硬碰硬、遇到困境時也不知道要適時轉彎、換個角度看待，是很容易將事情越弄越糟的，最後，只會讓自己深陷無法挽回的境地。

與其浪費力氣怨天尤人，還不如冷靜下來另思解決之道！

太過貪心，小心迷失自己

在這個世界上，受到錢財這個「毒蛇」傷害的人比比皆是。若是人類沒有這麼多的貪欲存在，世界不就能更平靜嗎？

某天，釋迦牟尼與弟子經過一處山上。

「這裡有毒蛇，千萬注意不要被蛇咬了。」釋迦牟尼慎重的告誡身後的弟子。

「我會小心的。」弟子回答。

正巧，一位在附近工作的農民聽到這句話，於是好奇的湊過去看了一眼。不看還好，一看之下農民忍不住大吃一驚！這明明是一堆金銀珠寶，就這麼光彩奪目的躺在路邊，哪裡是什麼毒蛇呢？

「一定是以前有人埋在這裡的，沒想到下了一場大雨把上面的泥土沖刷掉了。哼，居然把這些寶貝當作毒蛇，我說釋迦牟尼還真是愚蠢。」農民暗暗笑道。

於是，農夫開心的把寶藏帶回家，一家人的生活一夜之間變得無比奢華，成為眾人注目的焦點。沒多久，這件事情傳到國王的耳裡，國王覺得很奇怪，便把農夫抓來審問。

國王一聽說農夫發現財寶卻沒有上繳，十分生氣，判定他犯了貪污的死罪，必須處死，死刑就在三天後執行。由於農民苦苦哀求，國王最後終於同意，暫時讓他回家與家人相聚。

農夫回到家後，把事情的原委一一告訴家人，家人都覺得十分傷心，不停的哭泣著。

「唉，釋迦牟尼真是偉大，他說的一點都沒有錯，那些財寶的確就像毒蛇一樣可怕。這下子，不僅是我被毒蛇咬了，還連累了家人。都是我的錯，我現在才明白，再也沒有比一家人和睦相處在一起要好的事情了。」農夫打從心裡懺悔著。

第二天，國王突然召見農夫。農夫以為死刑提前了，臉色頓時變得鐵青，心驚膽顫的來到皇宮。

沒想到國王卻對他說：「我決定赦免你的罪行。我可以告訴你為什麼：我昨天派了一名隨從，在你回家之前就躲在你家窗下，他聽到了說的一切，包括釋迦牟尼的話，和你的懺悔。」

「我考慮了很久，覺得不僅僅是你被毒蛇咬了，就連我也是。因為我整天沉迷於酒色，讓國家面臨即將崩潰的危機。因此，還是請你把財寶送給釋迦牟尼吧！」

釋迦牟尼聽說了這件事之後，決定接受這些財寶，並微笑著說道：「在這個塵世上，為了財寶而喪失一切的人太多了。我看，乾脆就把這些財寶拿來作為傳授佛法之用，讓更多人得到幸福吧！」

在這個世界上，受到錢財傷害的人確實比比皆是。

許多人為了賺取更多錢財，不惜犧牲與家人共處的時間；許多人為了覬覦他人的錢財，因而鑄成大錯；更多人為了保住自己的錢財，不惜犧牲性命。

想想看，若是人類沒有這麼多的貪欲存在，不就能減少許多殺戮，世界不是會更平靜一些嗎？

下定決心，就能達成目的

只要有不達目的誓不罷休的決心，並且找對方法，每個人都有機會到達成功的彼岸！

說到接種天花，就不得不提起一位英國人，愛德華．詹納。

詹納是一位有名的學者，剛開始，他最感興趣的是其實是博物學，整天專心於鳥類的研究。

但是在那個年代，人們深深受著天花這種疾病之苦，詹納看到這種情形，十分希望自己有朝一日能拯救這些痛苦的人們。於是他立下一個拯救人類誓言，從此開始研究這種疾病。

某天他聽說，有很多專門擠牛奶的人雖然感染了天花，但是最後都能順利痊癒，並且從此不會再得天花。這件事引起了他的興趣，他認為或許自己可以從中找到什麼新發現。

於是，詹納很細心的收集資料和病例，為此花了很多精力和時間。

後來，詹納又來到倫敦跟名醫漢達學習醫理，並尋求他的建議。漢達十分鼓勵他的研究，並建議他可以多做一點嘗試。得到鼓舞的詹納，更認真的進行好幾次實驗和考察，也加深了自己的自信。據說，詹納甚至在自己兒子身上進行天花的預防實驗。

之後，詹納從一個感染上天花的擠奶女工的手上取得了膿汁，並且把它注入一個八歲兒童的手腕裡。直到一七九八年，這種預防方法正式被命名為現代種痘法。

納琴憑藉著堅實的研究基礎，將自己的發明公諸於眾，但是人們的看法卻是褒貶不一，甚至有人組織反對運動，聲稱一旦在身體內種植天花，身上就會長出牛角。面對這些反對的聲音，詹納堅定的一一予以反駁，為造福人類不斷努力。

據統計，光是十八世紀末，全世界就有六千萬人因為他的研究而脫離天花這個可怕的疾病。到了一九七六年，世界衛生組織終於宣佈天花病毒自此絕跡。

樹立豐功偉績，受到人們景仰的偉人們，都是憑著崇高的誓願和不斷的努力，自長滿荊棘的道路上一路走來的。

若要說他們有什麼特殊的過人之處，想必就是那份不屈不撓的決心吧！也就是說，只要有不達目的誓不罷休的決心，並且找對方法，每個人都有機會到達成功的彼岸！

天才不是只靠腦袋

別只是一味艷羨別人有顆好頭腦，即便是真正的天才，還是需要加上九十九分的努力，才能有所成就的。

日本淨土宗有一位十分博學的僧人，名叫法霖。

法霖年輕的時候叫做慧霖，十九歲時就因為教授《選擇集》而被當時的人們認為是曠世奇才。

話說法霖在十七歲的時候曾是鷺森別院的僧人。有一天傍晚，值班的小僧正在到處巡視，就在大堂後面的陰暗角落裡，發現有一個人正專心的讀著書。

於是，小僧問道：「是誰在那裡？」

「是我，慧霖。」

「在這麼暗的地方可以看得到字嗎？」小僧問話的時候，順道湊過去看了一下，但因為光線實在太過昏暗，根本看不清楚書上的字。

慧霖大概是由於沉迷在書中，所以看得津津有味，連光線越來越暗都渾然無所覺。

還有一次，朋友們邀請他去海邊游泳，當時他還是捧著書捨不得放，於是只好告訴朋友：「請你等一下，讓我看完這個部分吧。」

他一邊說著，眼睛一點都沒有離開書本。但是朋友在一旁等了好久，卻不見他有放下書的準備。

「你怎麼還沒看完。」朋友有點不耐煩了。

「對不起，你們先走好了，我待會再去吧！因為剛好看到很有意思的地方，停不下來。」

「那你帶著這頂帽子去吧。」朋友一邊說著，一邊把帽子戴在他的頭上，之後就先走了。

到了傍晚，朋友還不見法霖的影子，大夥兒回來一看，他還戴著帽子，在那裡專心看書。

只要水車不斷轉動，即使是寒冷的冬天，水也不會結冰；同樣的，一個人的思考也是一樣。被稱為曠世奇才的法霖，真的完全是因為天賦異稟嗎？想來，他的努力不懈，與肯花心思反覆思考，才是他能如此博學善辯的真正原因吧！

因此，別只是一味艷羨別人有顆好頭腦，即便是真正的天才，還是需要加上九十九分的努力，才能有所成就的。

信用才是真正的關鍵

要知道，信用是無價的財富。尤其是在商場上，只有講信用的人，才會是真正的大贏家。

在日本九州的博多，有一間聖福寺，寺裡有個和尚叫做仙崖。有一天，他畫了一幅流水帳和算盤的畫，並且在上面提了一句話。據說這句話幾乎成了當時許多商家的信條。

這句話的內容是這樣的：「手向上一撥，就是你的；手向下一撥，就是我的。切記，切記。」

這句話裡說的就是算盤。確實，手向上一撥，算珠就嘩啦啦的跑上去，手向下一撥，算珠就會向內部滾動。同樣的道理，如果商品品質不好，價格又高的話，那麼顧客就會跑到別的地方去了。反之，如果商品品質好，價格又便宜，那麼顧客就會經常前來光顧，生意自然會興盛起來。

這個做生意的道理，也跟屏風相同。屏風一旦被破壞，就很難再立起來；同理，商家的信譽一旦瓦解，想要東山再起，可以說是難上加難。

總是做些品質惡劣的黑心商品，還為自己的小聰明沾沾自喜，這樣的人是永遠不會成功的。

想想，藉由損害顧客的利益來賺取金錢，或許一時之間能夠有所獲利，但是卻會換來令人嗤之以鼻的壞名聲，最後只會把自己的後路也給堵死了。要知道，信用是無價的財富。尤其是在商場上，只有講信用的人，才會是真正的大贏家。

沒有「理所當然」的事

> 會為了「理所當然」的事生氣、痛苦，是因為我們總認為自己是正確的，而忘了要站在他人的立場思考。

一般人的苦惱、鬱悶，往往來自於對某些小事患得患失，卻不願理智地採取相對應的措施。老是為了無謂的瑣事氣不停，老是為了可以解決的小事浪費時間，這種日子未免活得太沒價值了。

這天晚上，丈夫下了班回到家，卻見到妻子氣呼呼的站在門口，手裡還拿著一根木棒。

「妳站在這兒做什麼？」丈夫問。

「你回來啦！我現在正在生氣！」妻子一邊回答，一邊還滿臉怒容的四處張望。

丈夫忍不住問了：「到底是怎麼回事呀？」

妻子回過頭來，對丈夫解釋：「今天我好不容易買了一條你最喜歡吃的魚，回來的時候順手把魚放在砧板上就去做飯了。過了一會兒，我把火關小，回頭一看，那隻該死的貓竟然叼著魚，正要往床底下鑽。不管我怎麼叫牠，牠只是看著我，一直喵喵叫個不停，就是不肯出來，我好生氣呀！那條魚貴得很呢！」

「好了，我知道是怎麼一回事了。但是，妳不妨冷靜想想，妳說，貓會知道主人喜歡吃魚，而且還是花了好多錢買的魚嗎？」

妻子回答：「貓怎麼可能會知道這種事情呢？」

「那，只有我們家的貓會吃魚嗎？」丈夫又問。

「哪有貓不吃魚？這是天性嘛！」

丈夫笑著對她說：「既然妳知道貓吃魚是出於天性，現在又要抓那隻貓，這不是很奇怪嗎？不管怎麼說，都是妳沒把魚收好呀！又怎麼能怪貓咪貪吃？」

「好了，我知道了，我不打那隻貓就是了。」

就跟貓愛偷腥一樣，有很多事情的發生，本來就是理所當然的。會為了這些「理所當然」的事覺得生氣、覺得痛苦，是因為我們總認為自己是正確的，而忘了要站在他人的立場去思考罷了。

所以，下一回要是遇到讓自己生氣的事，不妨試著用不同的角度去思考事情，或許你會產生不一樣的想法，怒氣說不定就因此而煙消雲散，不再懊惱了！

體貼他人，自己也能得到回饋

很多事情都是有循環的，如果能秉持著一顆體貼的心為他人著想，往後自然也會得到相同的回饋。

很久很久以前，在印度的巴拉那國，有一個很不好的習俗，就是當男性到了六十歲的時候，就會從自己的孩子那裡拿到一床被子，成為孩子的看門人。

據說，這個國家裡有一個男子，他很早就死了妻子，一個人在貧困的生活中養育兩名幼子。

不知不覺，這一年他也已經六十歲了，他的大兒子也覺得自己已經長大成人，於是有一天，大兒子對弟弟說：「你找一條被子給父親，讓他當我們的看門人吧！」

二兒子生性十分孝順父親，聽了哥哥的話之後覺得很無可奈何，只好從倉庫裡找出一條被子，並把它剪成兩半。

他對父親說：「非常抱歉，父親，但這是哥哥的吩咐，他要您從今天開始當我們的看門人。」

說完，二兒子含著眼淚把被子遞給父親。

父親看了，奇怪的問道：「你為什麼沒有把被子全部給我呢？」

哥哥見了，也覺得對弟弟的行為不能理解。

弟弟於是解釋：「哥哥，我們家裡沒有多餘的被子了。如果把這僅有的一條被子都給了父親，那往後如果需要的話，不就沒有了嗎？」

哥哥覺得很不可思議，問道：「以後需要？這種東西，以後還會有誰需要呢？」

「沒有人可以永遠年輕，這剩下的一半是留給哥哥你的。」

「你的意思是說，我也會用到這種東西？」

「等到哥哥也六十歲的時候，如果沒有準備被子的話，那哥哥的孩子們不是會很為難嗎？」

哥哥聽完之後深深被震撼了，這才發現自己從前竟然這麼無情無義，於是此後，他便和弟弟一起為了打破這個陋習而努力。

要知道，今天的他人，很有可能就是明天的自己。

我們雖然很難預知自己的未來會如何，但很多事情都是有循環的，今天你如何對待別人，往後自己也有可能這麼被他人對待。

反過來說，做任何事，如果都能秉持著一顆體貼的心為他人著想，久而久之，往後自然也會得到相同的回饋。

別被驕傲害死自己

或許你有能力登上險峻的高山，但是如果不能時時維持著謙虛謹慎的心態，很容易會一失足成千古恨。

在日本京都，有一座名叫久米寺的古老寺廟。在日本經典文學《徒然草》裡面，就記載了一個關於久米寺的古老傳說。

據說很久以前，日本有一個叫做久米的仙人，整天乘著雲在天空自由自在的飛翔著。

在那個還沒有飛機的時代，能夠乘雲駕霧是一件多麼愉快而奇妙，又令人驕傲的事情呀！

有一天過了中午，春風滿面的久米仙人又從雲的縫隙俯視人間。在廣闊的平原上，小河安靜的流淌著。在小河裡，有一位美若天仙的女子正在戲水玩耍。女子完全沒有察覺天空中有人正在窺視著她，於是大膽的捲起裙子張開腳，一邊哼著歌，一邊洗刷了起來。

久米仙人雖然有著相當程度的修行，但是見了這種情景，也不禁動了凡心，被深深的吸引，不知不覺間愛慕之情油然生起。

就在同時，他的法力一下子消失，成為凡人，瞬間從雲間掉落到人間，再也飛不起來了。後來，久米仙人就在此處建造了一座寺廟，重新開始自己的修行。

這就是有關久米寺的傳說。

正是因為久米仙人過於自負，因而忘了即使身為仙人，行事也必須謹慎，才讓自己落難人間。

再沒有什麼，比自高自大的想法更危險了。

富人認為自己擁有很多財產，學者認為自己是博學多聞的博士，老闆認為自己是高人一等的董事長，美麗的女子認為自己比別人漂亮……因為人們有了這些想法，不知不覺中，逐漸變得看不起別人；也往往因為這些念頭，讓自己一步步迷失其中。

結果，這種驕傲的心態反而導致了他們的失敗。

或許你有能力登上險峻的高山，但是如果不能時時維持著謙虛謹慎的心態，很容易就會讓自己一失足成千古恨。

要知道，地獄離天堂，往往僅有一步之遙而已。

心態正面，競爭才有意義

時時反省檢討、砥礪自己，常懷感謝心，用正面的態度面對競爭，其實就是做人處世最基本的道理。

從前，有個經商十分成功的人，有一次，另一位和他關係很好的商人，詢問他經商成功的秘訣是什麼。

成功商人二話不說，爽快的把秘訣寫給他：

第一，一定要比傭人更早起床。

第二，比起有十兩錢的顧客，要更重視有一百文錢的顧客。

第三，當客人來退貨的時候，要比客人當初買東西時更有禮貌。

第四，生意越是繁盛，一切就越要簡樸越好。

第五，零錢要詳細的記錄，一文錢也不可以少。

第六，絕對不可以忘記創業時期的艱辛。

第七，當附近出現同行時，要誠懇的與他們相互交流、彼此鼓勵。

第八，如果開了分店，要送給分店三年的伙食費。

這八項秘訣，樣樣都有它的道理在。

無論在什麼樣的年代，早睡早起不僅僅可以維持身體健康，也是成功的秘訣。再者，一般人總是比較重視有錢人，對於貧窮的人卻往往不加理采，但事實上，不管做任何事，秉持著一顆仁善的心慈都是最重要的基本信念。

並且，越是被人們尊重，就越要檢點自己的行為；一切越是順利，就越要懂得低調行事。

即使成功了，也要時刻記住剛開始創業時的艱難，千萬不可以因而驕傲，任憑自己鬆懈、偷懶，更不能隨便浪費。

一旦周遭出現了對手，一方面自己要更加努力，另一方面，也不妨懷著一顆感謝的心，感激上天給了自己磨練的機會，用積極正面的心態進行良性競爭與切磋。

無論做什麼事，這些都是十分重要的。不嫌貧愛富，時時反省檢討、砥礪自己，常懷感謝心，用正面的態度面對競爭……說得其實不就是做人處世最基本的道理嗎？

PART 4

多一點細心，就能少一些傷心

人類複雜而脆弱的內心，
是禁不起隨意踐踏的。
尤其，當對方又是自己最親密的人的時候，
那種傷害往往更大！

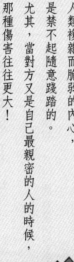

別爲小事氣壞自己

生氣不只於事無補，反而還會讓自己更不愉快。與其如此，為何不維持著平常心，笑罵由他呢？

有一次，一個惡人來到釋迦牟尼的住處，並對釋迦牟尼惡言相向。

但是沒想到，一直靜靜聽他辱罵的釋迦牟尼，在惡人罵完以後，卻平靜的問他：「每當節日的時候，你可曾經好好地招待和你有血緣之親的親戚和好朋友？」

「當然有。」惡人回答。

釋迦牟尼繼續問：「那你的親戚們如果沒有吃完你招待的食物，

都怎麼做？」

「如果吃不完，那就只好放著。」

「那你在我面前惡言相向，我如果沒有接受的話，這些辱罵的話最後又是歸誰呢？」釋迦牟尼又問道。

惡人說：「那不一樣，就算你不接受，我給你了就是給你了。」

釋迦牟尼搖搖頭：「不，你不能說那是已經給了我的。」

「那你說要怎樣才算是給了你？怎樣才算是沒有給你呢？」惡人不服氣的反問。

「被別人辱罵的時候，如果你也辱罵對方；對方生氣，你也跟對方生氣；對方打你，你同樣以牙還牙……只要對方挑釁你，你也回應了，那麼這就算是你接受了。但是相反的，如果對方的行為對你一點影響都沒有，那即使對方再怎麼對你，你也算是沒有接受。」

「這樣說的話，不管別人怎麼辱罵你，你都不會生氣嗎？」

釋迦牟尼表情嚴肅的答道：「真正擁有智慧的人是不會發怒的。即使外面狂風暴雨，他的內心也不會起絲毫的波浪。別人生氣，你也用生氣去回應對方，那是愚人才有的行為。」

「原來我才是愚蠢的人，請您一定要原諒我。」惡人聽完了這番話，忍不住流著眼淚，跪在地上請求佛祖的原諒。

真正聰明的人，是不會輕易被挑起怒氣的，因為他知道，一生氣就形同如了對方的意，不只於事無補，反而還會讓自己更不愉快。與其如此，為何不維持著平常心，笑罵由他呢？

適時冷靜，心情才能獲得平靜

如果在發怒時候，能夠給自己一點的時間思考一下，是什麼讓自己這麼不平靜的話，那麼憤怒自然就會消失無蹤。

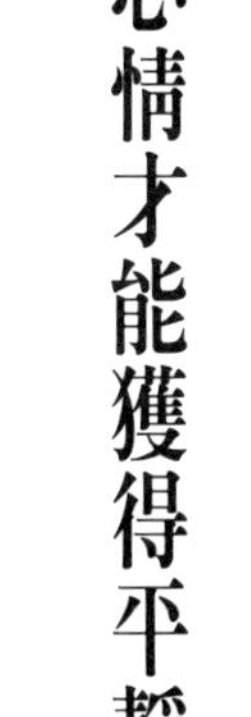

曾經有人在街上吵架，就在幾乎已經要打起來的時候，其中一方竟突然倒地身亡。

姑且不說生氣對人體的傷害，一個人在怒氣瞬間爆發的時候，也很容易做出平時自己也想不到的可怕事情。最終的結果，就是只能為自己衝動的行為後悔了。

曾經看過一則有趣又值得省思的新聞報導，它的標題是這麼下的：「河馬也會做傻事。」

報導內容是說，動物園裡有一隻河馬懷孕了，工作人員十分期待河馬生產的那一天。但是沒想到，小河馬一出生就死掉了，這讓大家都很失望。後來，園方調查了一下原因，發現原來是因為在河馬懷孕的時候，工作人員曾經幫河馬換了房間，也不知道是為什麼，此後河馬開始經常發怒。

工作人員認為，河馬媽媽莫名其妙的怒氣，可能就是導致小河馬死亡的主要原因。

據說，人在生氣的時候，身體會釋放出有害的毒素。

在每天的社會新聞裡，多數的傷害事件不就是因為怒氣而生的嗎？可是事情發生後，就算當事人再怎麼後悔，也已經無濟於事了。

如果這些人在發怒時候，能夠給自己一點點的時間，思考一下為什麼自己會生氣，是什麼讓自己這麼不平靜的話，那麼憤怒的情緒或許就會平息許多。

即使是遭人誤解，我們也沒有必要急著譴責對方，因為沒有什麼事可以掩蓋事實，誤會一定會在適當的時候被揭開。如果錯的是自己，不妨馬上改正自己的錯誤。

不加以思考就隨意遷怒於人，再也沒有比這更愚蠢透頂的事情了，更何況，生氣後的感覺又是那麼讓人難受。

曾有人說：「當對方生氣的時候，不去理睬他是最好的辦法。」同樣的，下回當你想要發怒的時候，不妨先想個辦法冷靜一下，轉移注意力，讓自己可以不必理會心中的怒氣吧！畢竟無論是身心，生氣之後受害最大的還是自己！

有毅力，就沒有做不到的事情

不論做什麼事，如果都可以抱持著「拼上這條命」的勇氣與毅力，天底下不就沒有我們做不到的事情嗎？

很久以前有一個勤勞的賣菜人，由於每天辛勤的工作，長年累月下來積攢了整整一百兩的金子。但是有了錢之後，他卻開始擔心這筆錢會被人偷走，每天連睡覺都睡得不安穩。

有一天夜裡，神明進入賣菜人的夢中，並且告訴他：「最近會有一個大盜來你家搶劫，那時候，你只要清楚的告訴他：我的生命可以給你，但是錢卻不能給你，這樣就不會有問題了。」

菜販一下子就從夢中驚醒。

某一天晚上，果然有個強盜進闖進菜販的家，大聲對他斥喝道：「你如果還想活命的話，就把錢全部交出來！」

菜販想起了那天的夢，於是壯著膽子對強盜說：「我的命可以給你，但是錢怎樣都不能給你。」

強盜聽了大吃一驚，立刻慌慌張張地逃跑了。

後來，這名盜被捕，對官府供稱：「在我的強盜生涯當中，最讓我感到害怕的就是那個時候了。」

或許你會覺得菜販把錢財看得太重了，甚至到了比生命還重要的地步，如果因此而犧牲生命，實在一點都不值得。

但，我們也可以從另一個角度來看這個故事。

想想，不論做什麼事，如果可以抱持著「拼上這條命」的勇氣與毅力，天底下不就沒有我們做不到的事情嗎？

看清自己最珍貴的東西

如果我們能夠看清楚什麼才是真正寶貴的，又怎麼會因為那些虛幻的外在事物，失去了最值得珍惜的寶貝呢？

有一天，一個農夫牽著一頭牛，急急忙忙的想趕回家，途中經過一條平時很少有人路過的山路。

那頭牛是農夫最重要的財產，因而他總要不時地回頭看一眼，確定牛還在之後，再繼續往前走。

這時，農夫的後面突然出現兩個可疑的人。其中一個人對另一個人悄悄的說：「我去把那頭牛偷來吧！」

同夥覺得不可思議，於是疑惑的問：「就算你再怎麼厲害，也不可能偷走那麼大一頭牛吧？」

「不信的話，你就等著看吧！」

原來，說話的這兩個人都是職業小偷。

誇口說要偷牛的男子說完，就加快步伐，從旁邊的小路超過農夫，躲在前方不遠處轉彎的那個山神廟，等著農夫經過。

農夫走著走著，突然發現在陰暗的山神廟裡，好像有什麼東西掉在那兒，他撿起來一看，原來是一隻嶄新的皮靴。

「好不容易才撿到一樣好東西，但是只有一隻，根本就派不上用場。」農夫懊惱的想著，順手把靴子扔到一邊，又繼續往前走。

再往前走了一會兒，農夫又發現地上有個東西。

他撿起來一看，竟然是剛才那隻靴子的另外一隻腳，如果和剛才的那隻合起來的話，剛好就是一雙新的靴子了。

農夫覺得有些後悔，忍不住想：「這條山路平時都沒有人經過，那隻靴子應該還在那裡才對。」

於是，農夫就把牛拴在旁邊的樹上，飛快跑回剛才發現靴子的地方，靴子果真還在原地。

「今天的運氣真是不錯，竟然讓我撿到一雙新的靴子。」

正當農夫喜孜孜的走回來時，這才發現牛竟然不見了，這時候的他雖然心中後悔莫及，但再怎麼找，也找不到自己最重要的牛了。

在我們生活周遭，隨處可見許多像農夫這樣，被眼前利益沖昏了頭，最後反而失去最重要東西的人。

有的人為了追求財富，失去了健康與家庭溫暖；有的人甚至為了追求名利，失去了自我。

但是，如果我們能夠真正看清楚什麼才是自己最寶貴的東西，又怎麼會因為那些虛幻的外在事物，失去了最值得珍惜的寶貝呢？

成功需要行動力

如果確信自己做好了足夠的準備，那就放手去做吧！畢竟要成功，除了縝密的思緒，更需要積極、果斷的行動力！

有位作家曾經寫道：「我絕不憂慮小事，因為，我知道那些小事，實際上並不如自己想像中那麼嚴重。」

其實，大多數為小事憂慮沮喪的人，除了是自己看得太淺，想得太多，另外就是太過於患得患失，才會為一些芝麻蒜皮的小事煩惱發愁，自討苦吃。

阿東是個非常迷信的農夫，有一天，他要到田裡幫蘿蔔插秧。

在半路上，他遇到鄰居小春，小春正捂著臉快步往前走。

「小春，你怎麼了？」阿東問道。

「我的牙齒蛀掉了，昨晚一整個晚上痛得睡不著，現在我要去看醫生。」小春回答。

「被蛀掉了？唉呀！這真不是個好兆頭，今天插秧的話，一定不會有好收成的。」阿東一邊這樣想，一邊轉過身回家。

第二天，阿東一出門就碰到住在附近的阿牛。

阿牛和他擦身而過，這時，阿東發現他掉了東西，於是立刻撿起來還給阿牛。

阿牛十分感謝他，於是客氣的說：「真是謝謝啊！勞駕你了。」

阿東聞言心裡又想：「什麼勞駕？這也不是個好兆頭，蘿蔔一定不會長好的。」

這個念頭一起，他又立刻轉身回家了。

第三天，阿東心想：「我今天不管碰到誰，一定一句話都不說。」

下定了決心之後，他便踏出家門。

巧的是，阿東才一出門，就看見村長迎面走了過來。

對方可是村長呀！怎麼能不先打聲招呼呢？於是，阿東便想把事情的始末先解釋給村長聽，以免他誤會。

「村長，我想先告訴您一件事，我今天早上做了一個決定，一整天都不和別人說話。」

「難道是因為我說的話很不好聽嗎？」村長問。

「不，不，您不要誤會，我並沒有這個意思。」於是，阿東就把前幾天的事情一一告訴村長，並且告訴他自己這幾天都沒辦法去蘿蔔田插秧，希望村長能理解。

聽了阿東的話，村長忍不住哈哈大笑，並且說：「阿東呀，這根本就是一點根據都沒有的事情，你怎麼會相信呢？」

此話一出，阿東立刻大驚失色：「沒有根據？那不就是說蘿蔔不會長根嗎？哎呀！看來這又不是一個好兆頭。」

照這樣迷信下去，真不曉得阿東要等到什麼時候，才能夠順利幫蘿蔔插好秧呢！

每個人都知道，做任何事都必須經過周詳的考慮，才能減低犯錯的機會。但是，要是考慮過度，甚至到了杞人憂天、庸人自擾的地步，那可就會影響事情的執行了！

因此，如果確信自己在能力所能及的範圍內，已經做好了足夠的準備，那就放手去做吧！畢竟要想成功，除了縝密的思緒，更需要積極、果斷的行動力才行！

看淡名利，才能一直堅持原則

只有可以捨棄金錢，捨棄名譽，捨棄地位的人，才能夠自始自終堅持自己的原則，做自己真正的工作。

眾所周知，亞歷山大大帝有著統治世界野心的。在他當政的時期，國內有一個名叫第歐根尼的哲學家。

第歐根尼是一個以四海為家的流浪哲學家，有時候出現在街邊，有時候出現在鄉下到處為人們傳佈哲學思想。

亞歷山大大帝聽說了第歐根尼的事情，心裡十分佩服，想要獎賞第歐根尼一番，於是叫人傳他到皇宮裡。

「陛下會有什麼事要找我呢？真的有事情的話再來吧！」第歐根尼當場回絕了使者。

於是，亞歷山大大帝決定親自來拜訪第歐根尼。

「你開導我的人民，我很感謝你，所以一定要好好的獎賞你，你有什麼想要的東西，儘管說吧！」亞歷山大大帝說。

正在院子裡悠閒曬著太陽的第歐根尼立刻開口說道：「你剛才問我想要什麼東西是吧？那麼，就請你從我面前走開吧！擋在我面前，我都照不到太陽了。」

雖然亞歷山大大帝的權威四海聞名，但是第歐根尼並未因此而改變自己，依舊是有什麼就說什麼。

據說從前在日本，有一個大富翁希望能夠得到當時知名的俳句大家小林一茶寫的俳句。

當家僕把紙拿到小林一茶的面前時，只見他隨口往硯台裡吐了一口唾沫，之後就開始磨起墨來，並用幾乎快禿了的毛筆寫下這兩句俳句：「百萬石的家產，就像竹葉上的露珠。」

西鄉隆盛是日本明治維新革命最重要的人物之一，他就曾經這麼說過：「只有可以捨棄金錢，捨棄名譽，捨棄地位的人，才能夠自始自終堅持自己的原則，做自己真正的工作。」

但是說到底，在這個世界上，又有多少人真的可以絲毫不為外物所惑，徹頭徹尾堅持自己的原則，做自己該做的事呢？

多一點細心，就能少一些傷心

人類複雜而脆弱的內心，是禁不起隨意踐踏的。尤其，當對方又是自己最親密的人的時候，傷害往往更大。

A君是個平凡的白領上班族。

某天，在公司裡一直被他看不起的B君，竟然從他們這些同期的人當中脫穎而出，被升為課長。

這件事情讓他覺得很受打擊，但是，他仍然若無其事的上前對他說：「恭喜你了，真是太好了。」並拍拍他的肩膀，和他握了手。

即使心裡為了自己失敗的而懊悔，但表面上，他也只能裝做完全沒事的樣子。

當晚，一起工作的夥伴們理所當然的聚在一起，幫晉升的B君開慶祝會。每個與會的人想法都和A君一樣，都不想讓別人知道自己是勉強來參加聚會的。

對男人來說，這種屈辱十分可怕，這種忍耐也讓人感到悲哀。

但在這場讓人筋疲力盡的慶祝會之後，回到家裡還有一道難過的關卡要過。A君回到家，才步入玄關，妻子就迎了上來。

「你看你，又喝醉了。」妻子忍不住唸了幾句。

丈夫懶洋洋的回道：「是呀，今天B君升課長。」

「你們是同期，他升了官，你倒是一點都不在乎！」妻子挖苦道。

「又不是每個人都能升課長。」丈夫囁嚅道。

妻子還不肯放過他：「但如果升官的人是你，那該有多好呀！」

「不能這麼說，他的確很優秀，也比較適合這個位子。好累呀，不說了，我要先去洗澡。」丈夫不知道該如何回應，只好草草的找了藉口離開現場。

不只是男人，每個人都會有屬於自己的尊嚴與倔強，不願意輕易表現出脆弱，甘願把苦水往肚子裡吞。這種時候，身邊的人如果不能理解自己的苦悶，甚至一點都不曾察覺，只會讓人感到更委屈。

你是不是也曾經在不知不覺中，讓自己一時的粗心傷害了身邊的那個人呢？事實上，只要我們對於身邊的人能夠更多一分體貼與細心，多一分體諒與關懷，自然可以避免在無意中傷了對方而不自知。

要知道，人類複雜而脆弱的內心，是禁不起旁人毫無所謂、隨意踐踏的。尤其，當對方又是自己最親密的人的時候，傷害往往更大，在心中造成的裂縫，也更是難以填補。

別讓貪心蒙蔽眼睛

人一旦迷失在貪慾中，如果不能及時清醒，往往只會越陷越深，終致無法自拔！

很久以前，有一個大國和一個小國比鄰而居。

大國的人口十分稀少，擁有許多的土地；相反的，小國人口密度卻非常高，土地幾乎不夠用。

有一回，大國的國王召見小國的農民們，並且對他們說：「只要遷居我國，我就答應給你們廣大的土地耕作。」

「國王陛下，您剛才所說的，都是真的嗎？」小國的農民們聽了，半信半疑的問道。

「我怎麼會說謊呢？不過，我國國土一望無際，沒有劃分界限，這樣吧！看你們一天能走多遠，我就給你們多大的土地。」

「我只有一個唯一的條件，那就是你們必須在早上太陽升起的時候就出發，在走過的地方都打上木樁，晚上太陽落下的時候，一定要回到起點。」

「在這段時間裡，不管你們是走也好，跑也好，都是你們的自由，但只要遲到一分鐘，就連一寸土地也得不到。這點一定要注意。」

農夫們聽了，一邊想像著廣大的土地，不禁覺得熱血沸騰了起來，馬上就有一個男子率先報名。

第二天早上太陽一升起，男子就興沖沖的出發了。剛開始他還只是走路，漸漸地，他的腳步越來越快，從小跑成了快跑。

男子一心只想著，走路不如跑步快，只有這樣，自己的土地才能不斷擴大。眼見擁有的土地越來越大，不知不覺時間也到了中午。男子這才驚覺時間匆匆飛逝，於是趕緊打下一根木樁，拐了個彎之後，又開始跑了起來。

他的午飯，也是一邊跑著一邊吃完的。到了下午，他已經覺得非常累了，於是乾脆把衣服和鞋子都脫了再繼續跑。

很快的，夕陽逐漸西下，他的腳上佈滿了傷痕與血漬，心臟也幾乎負荷不了，但他知道，如果自己在這個時候倒下去，那就什麼都得不到了，於是還是堅持朝著出發點拼命跑去。

農夫最終還是在太陽下山之前到達起點，但在此同時，他也因為筋疲力竭從此倒地不起。

聽說了這個消息的國王，找人在一旁挖了一塊約兩平方公尺左右的土地，把這個農夫埋了。

國王感嘆的說道：「他其實並不需要這麼大的地，只要這兩平方公尺，不就足夠棲身了嗎？」

在這個世上，很多人都和農夫一樣，因為慾望纏身不知滿足，最終也被慾望所害。

想想，人們會被顯而易見、漏洞百出的詐騙手段所欺，不正是因為被貪念蒙蔽了眼睛嗎？

「知足常樂」這個道理淺顯易懂，但能身體力行的人卻是少之又少。尤其，人一旦迷失在貪慾中，如果不能及時清醒，往往只會越陷越深，終致無法自拔，不可不慎哪！

謙虛以對，才能獲得更多智慧

肯放下身段的人，因為懂得圓融處世，凡事虛心以對，自然能領略更多的智慧，也比任何人更接近成功。

有一次，有「鐵血宰相」之稱的德國政治家俾斯麥，搭上火車來到一處農村進行考察。

這個消息很快就在小小的村落中傳開了。火車剛抵達農村，就有很多人圍上來，大家都很想知道，今天來的人到底是什麼大人物。

村子裡有一個好事的鞋販，也擠在這群圍觀的人之中，就在俾斯麥下月台的時候，還特別仔細將對方看得一清二楚，一邊猜測著這個身高約一百八十公分，身材魁梧的人究竟是何方神聖。

俾斯麥下了月台，便在椅子上坐下，拿出雪茄開始抽了起來。

鞋販與致勃勃的在一旁看著，並趁機悄悄靠近，希望能知道一些什麼新鮮的事情。「打攪您了，請問一下，您是從柏林來的客人嗎？」鞋販有禮貌的開口問道。

俾斯麥看了他一眼之後，回答他：「是的。」

鞋販於是又問道：「您長得真是魁梧，請問您的工作是什麼呀？」

「那你呢？」俾斯麥笑著反問。

「我只是一個貧窮的鞋販。」鞋販如實以告。

「我也是賣鞋子的。」俾斯麥毫不造作地告訴他。

這時候，穿著制服的官員來到兩人面前。

「閣下，馬車已經為您準備好了。」官員恭敬的說道。

鞋販一聽，官員竟然稱他為「閣下」，不禁大吃一驚，於是他趕緊道歉：「真是對不起，我太失禮了。」

「不，不，如果你有機會到柏林來，請你一定要來我的工廠，地址是：威魯荷姆街道第七十六號。」俾斯麥微笑著告訴他，之後就起身走了。

在當時，一個鄉下的鞋販怎麼會知道誰是俾斯麥呢？但是，被人們稱為鐵血宰相的俾斯麥，卻沒有因為自己位高權重傲慢待人，反而有著不問貧賤、親近貧民的寬容。

成就大事的人，一定不會是自命不凡的人。

因為驕傲的人不懂得虛懷若谷，往往也會為了一點小小的成就而沾沾自喜，認為自己是聰明的，別人都是愚蠢的。這樣的人不知道人外有人，天外有天，因此很容易嘗到「驕兵必敗」的苦果。

反之，一個謙虛持重，肯放下身段的人，因為懂得圓融處世，凡事虛心以對，自然能領略更多的智慧，也比任何人更接近成功。

PART 5

有好運氣，還要靠努力

運氣並不能決定一切，
即使有再好的機會與運氣，
也要配合自身的努力與毅力，
才能夠造就一個人的偉大成就！

微笑，讓心情更美妙

溫柔的言語與微笑是十分重要的。如果能夠時時帶著微笑與溫暖心情，無形中自己也會變得愉快起來。

有一對新婚夫婦搬到一戶人家的對面。

這戶人家的太太對丈夫說：「你等著看吧！新來的那對夫妻一定不會主動和我們打招呼的。」

就這樣過了一個禮拜。有一天，當這位太太抱著小孩出門的時候，剛好碰到正要進門的新鄰居太太。

鄰居太太親切的跟她打招呼：「今天天氣真冷。哇，好可愛的小孩子呀！你看你，笑得多開心。」她一邊說著，一邊微笑逗著小孩。

當天晚上，太太笑著告訴丈夫：「老公，一個人真的要好好深入瞭解才會知道個性呢。我今天碰到隔壁新搬來的那個新婚太太，沒想到她好像是一個心地很好的人，我真的很喜歡她。」

另外一個關於微笑的故事，是發生在一間飯店裡。

在飯店餐廳工作的服務員A小姐，意外的和一位富豪結婚了。有人感到好奇，富豪的母親第一次見到A小姐時的印象又是如何呢？

「那天，我在那家餐廳只點了一點點食物，端過來給我的服務員對我說：『讓您久等了。』這本來是很平常的事，但是，當她把東西擺到我面前的時候，又說了一句：『請慢用。』說話的時候臉上掛著十分溫柔的笑容。」富豪的母親說。

「我可以感覺到，那種笑容絕對沒有絲毫的貪婪，的的確確充滿了真誠。一般的服務員只是說『讓您久等了』，然後把東西放下就走了，而她還幫我擺好，並且告訴我『請慢用』，我非常欣賞她真誠又溫暖的笑臉。」

擁有一張笑臉，會讓別人更容易接近你、欣賞你。溫柔的言語與微笑，對每個人來說都是十分重要的，也不只是為了讓人感到愉快。

曾有人說：「當你笑的時候，整個世界都會對你笑。」但你知道嗎？笑容不只能帶給人暖意，如果能夠時時帶著微笑與溫暖心情，無形中，自己也會變得愉快起來。

想成功，就要更努力

成功必定是努力之後才會出現的結晶，只有記住這一點，並且徹底的實踐，才有可能發光發熱。

一個人能夠成名，絕對不是偶然或者是一朝一夕就可以達到的。

曾有一個人，想邀請一位有名的音樂家上台演奏鋼琴。

由於這是一首新曲子，時間很急迫，但又必須一舉成功，所以他才決定請音樂家相助，因為他相信，憑著音樂家深厚的功力，想要完美達成這個任務應該不是一件難事。

但是，音樂家的答覆卻讓他覺得很意外。

「非常抱歉，練習的時間太短了，我恐怕無法勝任。」

「像您這樣的大家，這種曲子只要四、五天時間就夠了，您一定行的。」這人說。

沒想到音樂家卻鄭重的告訴他：「不，我每次要出席公開演出之前，每天都要練習五十遍，一個月要練習一千五百遍以上，如果沒有好好練習的話，我是不會答應演出的。」

在以美食聞名的日本大阪，有一家十分有名的麵店。

這家店的店主非常熱衷買賣，只要一出去旅行辦貨，一定要去當地的麵店品嘗一番。而且，吃完還要把當地麵店所使用的材料、醬油、下料仔細的問清楚才肯罷休。

不只如此，他還把別家店的麵和自己店的產品認真的比較研究，時時刻刻都在思考，該怎麼做才能提昇麵的美味。

有一個人聽說了這件事，覺得很感興趣，於是千里迢迢前來拜訪這家麵店。一進到店內，他就看見店主端正的坐在櫃檯內。

服務生們在把麵端給客人之前，都要先端到店主面前，讓店主一碗一碗地過目，認真判斷眼前的麵到底合不合格。

原來，店主有個信條，就是絕不把自己認為不合格的麵端給客人。

那個人見到店主這種認真負責的態度，心裡不由得感到非常佩服。

的確，每個成功的人，都擁有自己的信念與做事原則。

如果每天一只是味地吃、喝、睡，完全不思努力，卻還要妄想自己可以嶄露頭角，這只能說是異想天開罷了。

成功，必定是經過努力之後才會出現的結晶，只要記住這一點，並且徹底的實踐，最終才有可能發光發熱。

付出愛，才能得到愛

如果人人都這麼自私的只想要得到而不肯付出，那麼我們的生活周遭，只會充滿不間斷的爭執與怨恨罷了。

這個故事發生在距今約三百年前的日本。

據說當時有個叫後藤良山的醫生，有一天深夜，醫生家的門突然響起一陣急促的敲門聲。

前來敲門的是一個女人，她是萬屋家的媳婦。

「醫生，這是我這輩子唯一的願望。請你給我一服毒藥。」女人的表情十分不尋常。

「妳要用來做什麼。」後藤小心翼翼的問。

女人輕輕的回答：「我要婆婆死。」

萬屋家的婆媳關係水火不容，這已經是眾所周知的事了。深知這一切的後藤曉得，如果他拒絕這個女人的話，那她最後一定選擇會自殺結束這一切的。

「好的，我知道了。」後藤想了想之後說。

過了一會兒，他拿出許多包藥粉交給女人，並且告訴她：「如果一服就斃命，一定很快就會被發現。這樣一來，不只妳會被釘在柱子上刺死，連我也會被砍頭。我這裡有三十包藥，只要每天晚上讓她喝下一包，到了第三十天，妳婆婆就會得霍亂而死。」

女人聽了非常開心，在她謝過醫生準備回家之際，後藤醫生告訴她：「再怎麼辛苦也只剩三十天了。所以，這段日子請對妳的婆婆好一點吧！讓她吃點喜歡吃的東西，對她說話溫柔一點，經常替她揉揉手腳，這樣也算是不愧對她了。」

第二天開始，萬屋家的媳婦就照著醫生所說的開始實踐了。

滿一個月的那天，就在媳婦幫婆婆揉完手腳之後，婆婆突然站起來，嚇了她一跳。

沒想到，此時婆婆兩手扶著她，並對她說道：「今天，我有一件事情必須要向妳道歉，一直以來我之所以對妳很嚴厲，都是因為我希望妳能儘早體會我們萬屋家代代相傳的家風。」

「但這一個月來，妳就好像脫胎換骨般，眼看著妳能夠明白我的心意，那我就不必再多說了。從明天開始，家中的一切就交給妳，我可以安心的退休了。」

媳婦聽了，覺得非常後悔，馬上趕到後藤醫生那裡。

「醫生，求求你，快點給我解毒的藥吧！」女人一邊流著淚，一邊兩手撐在地上跪下，並解釋了原委。

醫生見了她著急後悔的模樣，忍不住哈哈大笑的告訴她：「不用擔心，那只是麵粉而已。我只是要妳明白，如果妳肯主動付出，那麼對方一定可以看得到的。」

沒錯，主動付出，旁人就一定能感受到你的善意，進而產生回饋。

這是多麼簡單的道理啊！但是卻有很多人忘了這一點，只是一味的想到要求別人先對自己好。

只是，如果人人都這麼自私的只想要得到而不肯付出，那麼我們的生活周遭，只會充滿不間斷的爭執與怨恨罷了。

別為人際之間的摩擦苦惱，只要有人主動釋出善意，人與人之間才會有更多善意存在的空間。因此，假使你想改善與他人之間的關係，何妨從自己先開始做起呢？

讓人感到快樂，其實很簡單——

只要動動嘴角、說幾句話，就能夠為別人帶來快樂，自己並不會有什麼損失，反而還能感染到那份愉快。

無論從事什麼工作，只要每個人時時維持燦爛的笑臉和親切的問候，就能夠使整個世界變得更美好。

約翰·瓦納麥克是知名的飯店界大亨。有一個年輕人看到約翰旗下的飯店正在招聘員工，於是決定前往飯店應徵。

這場面試由約翰親自主持。會談過程中，年輕人對於約翰·瓦納麥克的提問，用很清楚的「是」或「不是」來回答，並沒有半點差錯，而且他的體格健壯，學歷也符合條件。

同座的人都毫不懷疑的認為他會被錄取，但是沒想到，最後約翰竟然給了他不合格的分數。

旁邊的人覺得很奇怪，於是問道：「他不是很優秀嗎？到底是什麼地方讓你覺得不滿意呢？」

約翰回答：「那個年輕人對於我的問題，只會生硬地用『是』或者『不是』來回答，而沒有回答類似『是的，先生』或『不，先生』這樣的敬語。像這種人，一定也不會對顧客保持熱情的態度。但我們的飯店卻是以熱情服務為宗旨，當然不能雇用那樣的人。」

他的話確實句句切中要害。

「如果老闆心情愉快地對我們說『早安』，那我們一個禮拜都能夠心情愉快的工作。」約翰的員工們都這麼說道。

據說，正是因為員工們能夠以開心的心情從事自己的工作，飯店的生意才會越來越好。

親切的微笑就像是在街頭演出的樂隊，向四面八方散播著溫暖而動人的樂聲。我們甚至可以說，再沒有什麼，是比吝於釋放笑容和熱情的人更小氣的了。

斯多尼．史密斯有一句很有意思的話，他說：「一天至少要讓一個人幸福，如果堅持十年的話，那麼就可以給三千六百五十個人帶來幸福，這其實和捐款是一樣的道理。」

只要動動嘴角、說幾句話，就能夠為別人帶來快樂，這並不會讓自己有什麼損失，反而還能讓自己也感染到那份愉快，這麼利人又利己的事，我們有什麼道理不去做呢？

用勇氣面對困境

只要能打開心房，用勇氣迎接磨礪，你就會發現沒有什麼事是值得懼怕的，所謂的低潮，也不過如此而已！

柏頓曾說：「如果世上有地獄的話，那就在人們憂慮的心中。」

如果不想讓自己整天活在憂心焦慮的地獄中，就要學會放下，敞開胸懷，認真踏實地活在當下，別再為過去懊惱，別再為未來擔憂。

有一個辛勤工作的上班族，有一天晚上，起床上廁所，順便在院子裡散散步。突然之間，他哇的一聲吐出一堆東西。

定睛一看，那東西鮮紅鮮紅的，他立刻嚇了一大跳，心想自己一定是得了不治之症，當場就癱軟在地上。

妻子見丈夫這麼久都沒有進來，感到有點擔心，於是起床看了一下，發現丈夫竟癱倒在院子裡，於是費了好大的力氣才把他帶回臥室，並用手試了一下他的體溫，溫度高得嚇人。

於是，妻子馬上找來醫生。聽了丈夫的述說之後，妻子又到院子裡查看了一番，卻發現在紅色的山茶花上有一口痰，她頓時明白了整件事情的原委。

妻子馬上告訴丈夫真相，奇妙的是丈夫知道之後，高燒一下子就退了，不一會兒，又像沒事人一樣出門上班。

如果這位丈夫一直不知道真相的話，或許就會因為害怕與恐懼的心理，成為真正的病人了。

其實，世上有什麼東西是值得我們害怕的呢？

地球有白天和黑夜，月亮有新月和滿月，大海也有潮起潮落之分。盛衰本是世間常事，無論是盛是衰總有個期限，只要等到時機到來，一切自然都會改變。

被打入不幸和逆境的深淵時，正是我們接受磨練的好時機。只要秉持著這是上天為了要砥礪自己的機會，一切困難看來就不會那麼難以忍受了。更何況，相較於那些被寵愛在溫室裡的花朵，在凜冽的寒風中成長的花兒，反而更加香氣撲人。

無論下雨也好，無論晴天也好，關鍵是你的心態如何。只要能打開自己的心房，用勇氣迎接接踵而來的磨礪，你就會發現世界上沒有什麼事是值得懼怕的，所謂的低潮，也不過如此而已！

以身作則，才能教好孩子

言教不如身教，為人父母者自己必須要行得正，坐得直。否則，又有什麼資格嚴格要求孩子呢？

傑克夫婦住在法國一個十分偏僻的鄉下。因為家裡貧窮，沒辦法還清向鄰居借的錢，夫婦倆只好把家裡養的母雞拿來抵債。

第二天，傑克夫婦到田裡工作，母雞們又成群跑回來，在老窩裡下了五、六顆蛋。

通常這個時候，家裡只有七歲的菲利浦留下來看家。菲利浦見到母雞又跑回家下蛋，心裡非常高興，於是想：「等媽媽回來，就可以

把蛋煮來吃了。」

就在他正高高興興準備撿雞蛋的時候，突然想起那些母雞已經不是自己家的母雞了，那麼這些雞蛋也應該屬於鄰居才對。

於是，他馬上把雞蛋送還給鄰居。

鄰居覺得很佩服，於是問他：「這是爸爸媽媽教你的嗎？」

「不，他們都還在田裡工作呢！不過，就算他們回來，還是會叫我送還給您的。」

鄰居被菲利浦的正直所感動，決定送兩隻母雞給他。菲利浦長大後經過一番努力，也成為法國知名的政治家。

只要為人處世都能秉持著一顆正直的心，就一定會受人敬重，做什麼事自然也更容易成功。

在公車上，有一名婦女帶著一個七、八歲的小女孩搭車。

坐在前面的太太見小孩子長得十分可愛，於是親切的問候小孩：

「妳長得好可愛呀！今年幾歲了？」

只見，小女孩一臉疑惑地轉頭問媽媽：「媽媽，我應該說我在家的年齡，還是在公車上的年齡呀？」

這位媽媽一聽見孩子的問題，頓時漲紅了臉。

為了節省一點點車費而教孩子撒謊，玷污她無邪的靈魂，這麼做究竟值不值得？

父母如果不能給孩子一個好榜樣，想要教出善良而人見人愛的孩子，那是不可能的。就像橫著走路的螃蟹父母，想要教小螃蟹直走，完全是白費心思。

言教不如身教，為人父母者自己必須要行得正，坐得直。否則，又有什麼資格嚴格要求孩子呢？

別拿他人的痛苦換取自己的成功

因為他人的痛苦而使自己得益，這樣的成功，真的值得人沾沾自喜，並心安理得的接受嗎？

不要為了小事浪費生命，也不要用負面的情緒折磨自己！

大多數的痛苦，其實都來自於錯誤心態與偏執的想法，不願面對，不願放下，最後當然淪為生活的囚徒。其實，只要願意改變，就能讓自己活得快樂，不再為了小事痛苦不已。

日本的菊池大麓是世界知名的數學家。他年輕的時候曾經在英國的劍橋大學留過學，在留學期間，他的成績始終都是第一名。

但是，有一次他生了一場重病，必須長期住院，有很長的一段時間都沒辦法去上課。

英國的學生一向都十分高傲，由於總是被菊池大麓這個外國人佔據著第一名的位置，在他生病的期間，他們都覺得揚眉吐氣的機會到了。有人鼓勵一直處於第二名的布朗說：「你的機會終於來了。菊池大麓因為生病，這段期間都沒辦法來上課、記筆記。這次你一定要替英國人爭回面子，拿下第一名。」

不久，菊池大麓的病好了，學期考試也結束了，但是成績一公佈，第一名仍然是菊池大麓，而布朗依舊位居第二。

沒想到，布朗知道這件事之後，卻自言自語道：「還好，這樣一來，我才不算是丟英國人的臉。」

原來，布朗在菊池大麓生病期間，每天不間斷的幫他送筆記，讓他不至於落後進度。因為布朗認為，不趁人之危，才能算得上是真正

的英國紳士。

為了自己的利益，人們逐漸忘卻溫暖為何物，許多人甚至期盼著他人的不幸，也為朋友的失敗悄悄暗喜，在這處處充滿虛偽的世界中，布朗的友情與風度，更顯得特別高貴。

什麼時候開始，我們在不知不覺中變得對別人痛苦感到漠不關心、甚至認為這是可以趁機超越、落井下石的好時機呢？假使真的因為他人的痛苦而使自己得益，這樣的成功，真的值得人沾沾自喜，並心安理得的接受嗎？

一步一腳印，才能展現好實力——

你必須讓人看到自己的可取之處，才會有所進步，因此才需要一步一腳印，展現自己最好的一面。

織田信長、豐臣秀吉、德川家康三人，被稱為日本戰國時代的「三大武將」，那麼在他們三人當中，誰是最受歡迎的人呢？

比起脾氣暴躁的信長，明朗豁達的豐臣秀吉顯得受人歡迎！

德川家康雖然平定了全國，並為德川幕府三百年的統治打下了基礎。但是一肚子壞點子的他，卻留給人老奸巨猾的印象。

豐臣秀吉本是一介草民，獲得天下之後，他就顯得恬淡無欲了，無論成敗，既不會高興得過頭，也不會心生後悔。

曾經有人問他，能夠取得今天的成就，一定經過一番用心吧？豐臣秀吉卻回答：「我並沒有想過自己會一統天下。當我在做僕人工作的時候，我只是一心一意地當好僕人，很幸運的，因為我努力工作，後來才得以成為侍衛。」

「後來，我全身投入侍衛的工作，漸漸的，就被提拔為侍衛大將，被賜封姬路城。我只是每做一件事，就熱愛一件事，擔任什麼職務就把份內的工作做好，才漸漸的出人頭地。除此之外，我並沒有什麼成功的秘訣。」

當然，為自己樹立一個人生目標，並不是一件壞事。但是，要是急於達成目標，而忘了要一天一天腳踏實地的累積實力，成功往往只會淪為空想。

大多數只想要求權利，而不想履行義務的人，只能永遠在相同的地方白費力氣；你必須讓人看到自己的可取之處，才會有所進步，因此才需要一步一腳印，展現自己最好的一面。

能夠忠於工作的人，一定可以忠於任何事；輕視工作的人，不管他到什麼樣的工作崗位，還是會滿腹牢騷。

要知道，光是成天心懷不滿、不思腳踏實地，是永遠不會成功的；唯有一步步紮實完成手邊任務的人，才有可能邁向最後的勝利。

溺愛不是最恰當的愛

溺愛並非最恰當的愛，能夠懂得這一點的父母，才是最懂得愛的偉大父母。

有個女孩出嫁了，婚禮當天，宴會、儀式都十分順利。第二天，新娘起床後便立刻前來向婆婆請安。

「媽，今天我可以幫妳做點什麼呢？」新娘問道。

「我這兒倒是沒什麼急事，這幾天妳一定也很累了，還是好好休息一下吧！」婆婆體貼地說。

新娘趕緊回道：「不，我一點都不累。如果有什麼需要縫縫補補的，儘管拿給我，雖然我也做得不是很好。」

「既然妳這麼說，那就幫我縫一下這件衣服吧！不用著急，慢慢來。」婆婆這麼告訴她。

說著說著，婆婆從一旁的櫃子裡拿出一匹紅色的綢布遞給她。這正是一個展現自己能力的機會，一定要把它做好，新娘這樣告訴自己。於是當天夜裡，她便加緊趕工，徹夜將衣服裁製好。

「媽，早安。昨天您拿給我的紅色綢布，我已經把它做成衣服了，做得不好，請您過目。」

婆婆心想：「怎麼這麼快？」再看看這件成品，作工居然十分精細，非常漂亮，更是驚訝萬分，於是高興的拿著那件衣服展示給左鄰右舍的人看。新娘見狀，覺得滿心歡喜，同時她想起了自己的母親，忍不住哭了起來。

原來，從前母親教她裁縫的時候，總是狠狠的責罵她：「有這麼

差勁的縫法嗎？」「縫衣服的時候要專心。」「妳看妳縫的是什麼？」每每總要她重做好幾次，每當這個時候，她總是怨恨媽媽太過嚴苛、太不近人情。

但是，如果當時沒有媽媽嚴厲的教導和訓練，如今自己怎麼有機會受到婆婆和鄰居們的稱讚呢？

時至今日，她終於明白了母親的苦心，不禁開始感謝起母親，也為自己當時不成熟的想法感到羞愧。

刀子嘴，豆腐心，這是天下父母共同的心思。所有的嚴辭教導與打罵，無不是為了希望子女能夠因此成龍成鳳，步入正途。

因為，溺愛並非最恰當的愛，能夠懂得這一點的父母，才是最懂得愛的偉大父母。

有好運氣，還要靠努力

運氣並不能決定一切，即使有再好的機會與運氣，也要配合自身的努力與毅力，才能夠造就一個人的偉大成就！

豐臣秀吉還是織田信長的僕人時，不論是在深更半夜還是在黎明，隨時都要從被窩裡起來為信長打理草鞋。這個工作十分辛苦，因為要時刻觀察信長的動靜，為他心血來潮的出行做準備。

曾經有這樣一段傳說：無論信長什麼時候要出門，豐臣秀吉都會把草鞋抱在懷裡，蹲在屋簷下等候。

剛開始，信長在穿豐臣秀吉為他準備的鞋的時候，明顯的感覺到體溫，因而總是大聲地訓斥他：「狗奴才，你把主人的鞋子當凳子坐嗎？」或是：「你這奴才到底有沒有用？」

實際上信長並不是真的這麼想，只是因為喜歡試探人的才能，才故意責罵豐臣秀吉，想看看他的反應。

有一回，信長又斥責他，豐臣秀吉回答，自己只是把鞋子抱在懷裡而已。信長聞言，又故意喝斥道：「你還想愚弄主人嗎？」並命令身邊的書僮搜查他的衣服。結果在外衣並沒有搜到什麼，搜到內衣的時候，卻發現了一些泥土。

「你真的抱著草鞋啊！」信長笑著說。

豐臣秀吉低下頭，恭敬的說：「是的，因為草鞋就是我的主人，所以我要好好的對待它。」

相較於日後的輝煌成就，人們總是記得那位雄踞大阪城，傲視天下的太閤豐臣秀吉。那個在寒冬裡，像狗一樣蹲在屋簷下的他往往容易為後人們遺忘。人們對於成功者，卻總是最容易記得他的成功，而很少想起他先前的失敗經歷與努力。

一旦成功，就不會有人注意到他過去的失敗；要是失敗了，即使先前有過多輝煌的成就，也不會有太多人記得。

但是，從另一個角度來想，成功的人並不是生來就是成功的！他們的成就也許帶著一點機運的成分，但我們不能只看見這些表面上的成功，而忽略了他們背後曾經有過的努力。

要知道，運氣並不能決定一切，即使有再好的機會與運氣，也要配合自身的努力與毅力，才能夠造就一個人的偉大成就！

PART 6

順利輕鬆，往往難以成功

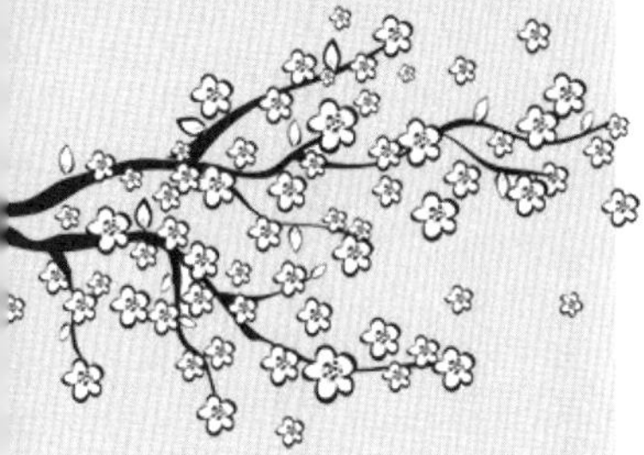

人人都喜歡順利輕鬆，
沒有人天生就愛吃苦，
但想要比別人成功，
就不能不比別人多付出一些努力。

放鬆心情，面對困境

如果我們可以用另一種角度來看待困境，往往就會發現，很多事情其實「原來不過如此」。

有一回，一所鄉下學校突然遭受到風暴的襲擊，教室一片凌亂不堪，大家都十分害怕，不知道該怎麼辦。

這時候，有一名老師站了出來，對大家喊道：「不如我們大家迎著風出去吧！」

於是學生們便一起衝出去。但由於學校剛好處在下風處，出去之後，大家都被風吹得東倒西歪。

「這樣不行，大家要趴下來前進，鑽到旁邊的田裡去。」

在老師的指揮之下，學生們紛紛鑽進稻田裡，貼著水稻前進。過了一會兒，大夥兒只聽見一陣巨響，教室就這麼倒塌了。

後來根據了解，這場風暴的威力十分巨大，但是這群師生卻因為勇敢走出教室，所以沒有任何死傷發生。

其實人生不也和這場風暴一樣嗎？

如果我們能夠像勇士坦然自若的迎向困難，往往就會發現，再大的難題也不過如此而已。

每個人從早到晚，往往要為許多大大小小的瑣事煩心，真正順心的事，十件當中大概只會出現一件吧！

確實，生命中令人生氣的事情實在太多，快樂的事情卻又太少。在這種時候，如果我們可以用另一種角度來看待，就會發現很多事情「原來不過如此」。

遇上需要忍耐的事情時，只要想著最糟的情況「原來不過如此」，往往就會覺得，忍耐並沒有想像中的辛苦。

遇到討厭的人時，只要想想，一個人再怎麼討厭「原來也不過如此」，自然會覺得眼前的人不再那麼討厭了。

不妨試試看，經常用「原來不過如此」的心態，面對可能遭遇的所有困境與挫折，你一定會驚喜地發現，自己竟然在無形之中變得比從前更加勇氣百倍了！

別爲了幸福，忽略他人的痛苦——

當我們看到他人因痛苦而哭泣時，便會升起同情之心，這就是人之所以為人的最佳體現。

人類中所謂的強者，通常是聰明而狡猾的，所表現出來的惡劣無道，更可以說是在所有動物之上。

只要是動物，都有生存的本能。但要是任由這種本能發展延伸，常會不由自主和他人產生嚴重的利益衝突。

當然，想讓自己活得更好，不能算是一種罪惡。但若過分強調這種利己主義，只會讓我們陷入孤立的困境，反而得不償失。

世上沒有一個人是可以只靠自己就存活下去的，排除異己，形同將自己推向懸崖。

別忘了，這個世界不是只有我們，還有其他人存在；也別忘了他人同樣有生存的權利，同樣需要活下去的空間。

人不能沒有企圖心，否則就會失去前進的動力；人更不能只有企圖心，而忘了何謂仁愛善良，否則，和其他動物又有什麼差別？

邱吉爾曾說過：「人類唯一的引導人，就是他的良心。」

我們看到他人因痛苦而哭泣時，便會升起同情之心，這就是人之所以為人的最佳體現。

如果世人都能以他人之苦為己之苦，皆具有一顆民胞物與的心，世上的醜惡必會減少，取而代之的則是美麗祥和。

短視近利將使自己身陷危機

短視近利，即便僥倖得到果實，也必定轉眼消逝。反之，將目光放遠，才有可能成為最後的贏家。

某甲與幾位同鄉商賈，跨海來到某座小島做生意，還特地請了一名當地嚮導帶路。

這一天，他們經過一座金碧輝煌，滿是珠寶的寺廟，每個人都很興奮，唯有當地嚮導急得比手畫腳，如同遇見猛獸般恐懼地搖搖頭說：「這是魔鬼的房屋，不可以進去！它會吃人！」

眾人卻不相信，拉著嚮導便進入廟宇。

廟內有數不盡的珍寶，多如路邊的石頭。還有一尊長約一公尺，弓背仰躺著的雕像，雙手擺在腹部兩側，像是捧著什麼東西。

此時，空中響起一個聲音：「只要將新鮮的心臟放入神明的手中，就能實現你們所有的渴望。」

大家相互對看了一眼，最後不約而同拿起手邊最近的陶器往嚮導頭頂擊去，並且拿刀子剖開他的胸膛，將心臟挖出來擺到石像手中。

眾人的臉上都掛著貪婪的笑容。但就在下一刻，富麗堂皇的神廟頓時消失無蹤，嚮導的屍體躺在草堆裡，心臟不知去向。

十天後，有人在雜草堆中發現了某甲一行人的屍體，附近的天空上還有禿鷹來回盤旋著。

一個人若是被貪念、執念蒙蔽了雙眼，讓慾望主宰一切，不擇手段、只求滿足自己，下場就很有可能跟這些商人一樣，不只害人，最終也會害了自己。

據說從前有一頭懶惰的驢子，每回搬運貨物時，總是懶洋洋走在最後面。有一天，主人想到一個解決的辦法，他將細長竹子的一端綁上驢子最愛吃的胡蘿蔔，另一端綁在驢子頭上。主人想，如此一來，驢子就會拚命追趕眼前的胡蘿蔔，不會繼續偷懶。

果然，驢子一改常態，賣力地往前衝，但牠的眼睛只看見胡蘿蔔，卻沒注意到前方有條河流，就這麼衝進河水中一命嗚呼。

現實生活中，許多人就像這頭驢子一樣，讓慾望遠遠凌駕於理智之上，只看見眼前的利益，完全忽略衝動行事的後果。

棋賽中，高明的棋手能看到幾步棋後的情境，更甚者，還能操控整盤棋勢，這是因為不單單思考己方處境，而是連對手狀況與周遭細微末節都全盤考慮，才能讓情勢依照設想，一步步地實現。

短視近利，即便僥倖得到果實，也必定轉眼消逝，不可能長久。反之，將目光放遠並縱觀全局，才有可能成為最後的贏家。

別急著爲自己樹敵

人與人之間，真的有必要相互仇視到此等地步嗎？與人為敵，對自己又有什麼好處呢？不過徒增不快而已！

你能寬恕惹自己生氣的人嗎？在你的生活周遭，是否有一兩個，甚至好幾個人讓你感到極端厭惡，連抬頭看他一眼，開口和他說句話都不願意呢？

其實，我們這樣看待別人，說不定對方也正是這樣看待我們。生活在這個世界上，厭惡他人甚至是被人厭惡，似乎都是在所難免的，我們常會為了一點芝麻小事彼此誤解，進而交惡。人際關係的問題和

困難，對所有人來說幾乎都一樣。

以職場生態來說，向來只重視能力，不承認年資，所以有許多人會為了薪資不斷跳槽。然而，其中也不乏因為無法適應競爭壓力或人際關係而轉換環境的人。

是啊！一旦認定對方是個「令人討厭的人」，雙方的關係往往就很難有所進展，可以維持表面上的和平，就已經算是大幸了。

如果只是覺得對方令人討厭倒還無妨，要是這種觀感擴展為憎惡或懷恨，還可能釀成不可收拾的局面。

回過頭來想想，人與人之間，真的有必要相互仇視到此等地步嗎？與人為敵，對自己又有什麼好處呢？不過徒增不快而已！「退一步海闊天空」，當你對某人感到不滿的時候，不妨想想這句話。更何況，多一個敵人，還不如多一個朋友，又何必急著為自己樹敵呢？

感情要用心經營

感情的經營之道，說穿了就在用心耕耘。若只是丟在一旁毫不看顧，又怎麼會長出豐腴甜美的果實呢？

有一名印度婦人正與情人偷情相好，沒想到這時候，在外地工作的丈夫竟提前回家。

大老遠的，婦人就聽見丈夫大喊：「老婆，我回來了！我提早回來看妳了，快幫我開門！」

慌亂之下，婦人馬上踢了男子一腳，害正在與頭上的男子一下子滾到床下。

「妳幹嘛呀？」男子又要爬回床上。

婦人連忙阻止：「我丈夫提前回來了呀！」

男子連忙抓起衣服，一手拉著褲子，嘴巴裡不停地罵：「早不回來，晚不回來，偏偏在這個時候出現，搞什麼嘛！」

「別說了，這裡沒有別的路，只有『摩尼』可以救你，快走啊！」

婦人一邊催促，一邊大聲回答丈夫：「等等呀！我正在浴室裡洗澡，馬上就去幫你開門！」

男子一聽「摩尼」兩字，直覺判定是某種珍寶的名字，便開始四處尋找，連逃跑的事都忘得一乾二淨。

丈夫在門外等候多時，忽然想起自己身上帶了鑰匙，於是逕自打開門走進去。

一進入屋內，丈夫就看見一名陌生男子正翻箱倒櫃，而妻子還在浴室裡梳洗，於是便順手拿起放在角落的棍子，瞄準男子的後腦，便是重重一擊。

「啊！」婦人走出浴室，看到這幅景象，當下大聲尖叫。

此時，丈夫溫柔地轉身對妻子說：「別怕、別怕，我已經把他打暈了。幸好我提早回來，不然妳一個人在家怎麼對付這個小偷呢？真是太危險了！」

婦人一聽，立刻一副小鳥依人的模樣靠在丈夫懷裡，心裡一邊想：「他怎麼沒從下水道離開？」

原來，在婦人的家鄉話裡，「摩尼」指的是下水道。

在生活步調繁忙的今天，許多人為了工作，往往忘了要多花點時間經營自己的家庭，了解身邊的伴侶。

要知道，一個人如果很久沒照鏡子，突然看見鏡中的自己，難免也會感到陌生，更何況是兩個完全獨立的個體？

感情的經營之道，說穿了就在用心耕耘。若只是丟在一旁毫不看顧，又怎麼會長出豐腴甜美的果實呢？

因此，在為生活上各種勞務忙碌奔波的同時，別忘了要經常放慢腳步，回頭看看身邊的伴侶，傾聽對方真實的心聲，說說自己心底的話。相信，只要彼此有心，即便只是共進一頓晚餐、一起散散步，都能有效為感情加溫。

順利輕鬆，往往難以成功

人人都喜歡順利輕鬆，沒有人天生就愛吃苦，但想要比別人成功，就不能不比別人多付出一些努力。

這一天，甲乙商人帶著一些布匹，打算到山谷的另一頭販售。

在翻越山谷的途中，商人甲因為覺得很累，就在路旁的石頭上坐了下來，一邊說：「你不累嗎？我們稍微休息一下吧！唉，這個山谷好像怎麼都爬不完，要是能再低一點就好了。」

商人乙卻說：「我的想法剛好跟你相反，我還覺得，要是這個山谷再高一點，再危險一點就好了。」

商人甲聽了，便笑著說：「哪有人喜歡吃苦的呢？」

商人乙便解釋：「不是的，你誤會了。你想，如果這個山谷很容易就翻過去的話，誰都可以輕易到山谷的另一邊做買賣。如果這個山谷再高一點，再危險一點，那麼願意翻過山谷的人當然就少了，我們的生意不就更好了嗎？」

曾經有人這麼說過：「為追求成果而努力不懈的人才會成功，只想追求愉快的過程，卻不重視成果的人則註定失敗。」

人人都喜歡順利輕鬆，沒有人天生就愛吃苦，但想要比別人成功，就不能不比別人多付出一些努力。

許多商場上的成功人士，就是因為不害怕越過困難的門檻，善於搶佔商機，所以才能發現比別人更多的機會。

法國文學大師羅曼．羅蘭不也說過，只有把抱怨環境的心情化為上進的力量，才會是成功的保證！

苦中作樂讓人生更快樂

每個夢想都有它迷人之處，也有相對必須付出的代價。逃避夢想中艱困的部分，不是解決問題的最好辦法。

很久以前，村子裡有個愛吹噓的乞丐，大家看他瞎了雙眼，渾身衣著破爛，無一處完好，總是會同情地丟給他幾個銅板。

每回聽見聲音，他都會撿起銅板放進嘴巴，用牙齒用力一咬，然後喃喃自語道：「怎麼才這點錢？想當初我做的陶器一個就能賣二十個銅板，現在整天討飯，一天也沒十個銅板！」

一個新來的小乞丐聽了相當驚訝，便問：「您的眼睛不是瞎了嗎？怎麼還能做陶器呢？」

「傻瓜，我要是眼睛沒瞎，怎麼會在這裡要飯！」老乞丐說。

老乞丐又繼續說道：「要知道，我以前可是頂頂有名的工匠呀！還曾經到皇宮裡幫國王做陶器呢！」

小乞丐更驚奇了：「皇宮？那一定不愁吃穿吧！多好啊！」

「你不知道，在皇宮裡，每天從起床開始就得不停地工作，對體力和精神都是一大折磨。很多工匠都因為忍受不了，所以乾脆謊報瞎眼逃走了。」

小乞丐又問：「難不成您的瞎眼是假的？」

老乞丐說：「你錯了，我這可是真瞎！那時候生活雖然衣食無虞，但每天都得不停工作，日子一久，我也決定學人說自己眼睛瞎了，想藉機逃出宮，沒想到新來的主管一眼就看穿了，我只得繼續留在宮裡頭做事。最後終於忍不住，只好自己把自己戳瞎了。」

「這麼說來，您喜歡現在當乞丐的日子嗎？」小乞丐問道。

老乞丐嘆了口氣：「不喜歡又能怎麼樣？瞎子什麼都不能做，只能討飯過日子呀！」

多數人對於工作經常都有發不盡的牢騷，但是卻很少有人想到，在失業率居高不下的今日，自己已經是多麼幸福了。

無論是生活或是工作，難免會遇到挫折與困難，甚至會因此想要逃避。但是，逃避並不是解決問題最好的方法，很多時候，一味逃避只會讓事情越來越糟，終至無法收拾的地步。

羅曼．羅蘭說過：「必須和自己搏鬥，才能夠征服自己。」

不妨試著用更積極的態度面對這些問題，很多時後，一旦你願意面對，往往就會發現，這些問題一點都沒有想像中的嚴重！

用珍惜的心面對愛情

真情難得，我們理當用對等的真心加以呵護、珍惜。要是等到失去時再來追悔，一切就為時已晚了。

一個婦人蹲在路旁，一邊哭泣一邊自言自語：「嗚……我的丈夫不要我了……」

一個和尚經過，看到這名婦人如此傷心，便上前安慰道：「施主，別太傷心了，世俗之事本來就無常理可循，看開一點吧！」

婦人抬起頭說：「都怪我當時鬼迷心竅，為了跟別的男人跑，找了一具假屍體，讓丈夫以為我死了。結果，那個男人後來居然又看上別的年輕女人，不要我了！」

「那就回去跟丈夫好好解釋，請求原諒吧！」和尚說。

「唉！他不相信，到現在都還把屍體的骨灰帶在身邊。我不懂，既然那麼愛我，為什麼不願意相信我還活著呢？」

「或許，他就是因為太愛妳，所以寧願相信妳是死了才不得不離開他的呀！」

愛情是一種十分玄妙的東西，擁有多種樣貌，可能悄悄地來，也可能悄悄地去。

隨著時間的流逝，隨著心境、個性或處境的轉變，愛的模樣也會不斷更改。

愛情不可能永遠停留在高潮迭起的那一刻，在時間的作用之下，會變得不再如初時的火光四射。但這樣平凡簡單的情感，保存期限卻可以無限延長。

可惜的是，總有些人不能理解，一心以為愛情已經走到終點，因而選擇放棄。

事實上，細膩而綿長的愛才是最雋永的情感。如果只是一味追逐熱戀時酸甜苦辣的刺激，反而容易錯失真情，最終讓自己一無所有。

真情難得，我們理當用對等的真心加以呵護、珍惜。要是等到失去時再來追悔，一切就為時已晚了。

PART 7

向前看，才能看到希望

人生充滿了無限可能，
眼前失去的，也許正是為了下一次的得到而準備，
只有積極向前看，才有可能看到希望。

別讓自己的信用破產

累積個人信用，可能需要十年以上的漫長時間，但毀壞別人對自己的信任，只要一個謊言就已經足夠。

有一群同村的人，一起到鄰村某戶人家偷了一頭牛，他們將偷來的牛帶回村裡的池塘邊殺了，烤熟之後一下子就吃個精光。

丟了牛的主人循著牛腳印，一路跟來這村子，發現腳印到了村子的池塘邊就沒了蹤跡。

他於是繼續走，途中正巧遇上一群人，便開口問道：「我的牛是不是在你們村裡？」

「這裡沒有村莊。」村人們搖搖頭。

牛主人又問：「那村子裡是不是有個池塘？你們是不是在池塘邊把牛吃了？」

「這裡沒有池塘。」村人們又搖頭。

「怎麼會沒有呢？池塘邊是不是有一棵樹？」牛主人說。

村人還是否認：「那裡沒有樹。」

牛主人十分懷疑，於是心生一計：「你們是不是從東邊另一個村子的牧場偷了牛？」

做賊心虛的村人連忙回答：「沒有，沒有東邊。」

「你們偷牛的時候，是不是剛好正午？」牛主人又追問。

「沒有正午。」村人依舊搖搖頭。

此時，牧場主人冷冷地說：「照你們的說法，沒有村莊、沒有池塘、沒有樹也就算了，可是天底下什麼地方會沒有東邊跟正午呢？」

他掃視低下頭的村人們，繼續說：「剛才說的都是謊話吧？老實承認，牛一定是被你們吃了，對不對？」

那群村人們左右互看，最後一名年紀較長者站出來說：「牛的確是我們偷的，實在是因為沒東西可吃，逼不得已才出此下策，實在很對不起。」

牧場主人嘆了口氣，回答：「原本你們都可以來我的牧場幫忙做事，雖然不能賺大錢，至少吃穿無虞，但現在卻一連說了這麼多個謊，我實在很難安心地聘請你們。」

話說完，他便轉身離開，留下一群後悔莫及的村民。

很多時候，我們以為撒謊可以保護自己，最後的結果卻往往如同上面這個故事的村民一樣，弄巧成拙、得不償失。

為了圓一句謊，往往就得要再撒更多的謊。這是個永無止境的深淵，一旦起了頭，為了避免謊話被揭穿，就必須不由自主，捏造出一

個又一個謊言，最後只能終日提心吊膽，惶恐哪一天被人拆穿。

至於另一些說起謊話臉不紅氣不喘的人，則是已經深陷在虛構的謊言世界裡，把謊話視為理所當然，成了自欺欺人的可憐蟲。

累積個人信用，可能需要十年以上的漫長時間，但毀壞別人對自己的信任，只要一個謊言就已經足夠。

英國哲學家培根就曾經說過：「作偽有三種害處。第一，說謊者永遠是虛弱的，因為他不得不隨時提防被揭露。第二，說謊使人失去合作者。第三，這也是最根本的害處，就是說謊將使人失去人格，毀掉人們對他的信任。」

這句話，可謂對謊言的可怖以及誠實的重要下了最好的註解。

盲目恐懼，不如好好找出問題

沒有目標的胡亂猜測，不僅容易讓人想歪，更糟的是還會使你耳不聽目不明，最終誤下決斷。

一個悠閒的午後，有隻小狗臥在樹蔭下打盹，耳中聽著規律的蟬鳴，陣陣微風拂過長毛，不禁舒服地瞇起眼睛。

忽然，一陣大風吹過，吹斷了一根樹枝，恰巧掉在牠身上，小狗嚇了一大跳，趕緊起身逃離樹蔭的籠罩，跑到遠遠的大太陽底下。一邊跑還一邊想，這棵樹有問題，離它遠一點比較好。

由於氣溫實在太高，牠躺在發燙的土地上，舌頭不住地往外吐。

雖然待在大樹下舒服多了，可是一想到剛才莫名其妙挨了打，小狗便提不起勇氣回到剛才的地方，只好繼續在泥土地上躺著，忍受炙熱陽光的煎熬。

誤解不僅會造成摩擦、猜疑與誤會，甚至還可能導致恐懼，影響力不可小覷。大樹真的會打人嗎?所有人都知道，這只不過是湊巧發生了可能造成誤解的狀況而已。

但可別急著笑小狗的愚蠢，事實上，每個人的生活周遭每天都有「誤解」上演，甚至你自己也可能被蒙蔽了眼睛而不自知。

對於不了解的事物，不力求得到真相，甚至沒有意願了解背後的原由，這是非常危險的。尤其是面對對自己有影響力的重要事情時，更容易誤下判斷。

有些時候，光憑眼睛所見，耳朵所聽，不一定就是「真實」。所謂的真相，需要親自探查，同時多方搜羅資料，才能一點一滴逐漸窺得事件的真貌。

倘若不試著釐清問題，放任腦袋胡思亂想，不單會影響情緒，走偏了方向，尤有甚者，盲目恐懼還可能導致破壞，摧毀原本美好的事情與穩固的關係，以及難得的機會。

大腦和嘴巴是一個人認識世界、解開疑惑的重要工具，當出現疑問時，不妨多用腦思考，甚至開口發問，通常就能很快得到解答。比起動口不動腦的口舌之爭，或是動腦不動口的鑽牛角尖，都要來得實際多了。

遇到任何事情，都必須懂得主動尋找答案，判定是否為誤會一場，而不是全然憑空想像。沒有目標的胡亂猜測，不僅容易讓人想歪，更糟的是還會使你耳不聰目不明，最終誤下決斷。

腦筋靈通，就能懂得變通

腦筋靈活的人，會時時刻刻嘗試動腦解決困境，積極面對問題，處理事情的速度與態度都會有長足的進步。

有位旅人走到溪邊，看見一個女孩正嚎啕大哭，連忙上前問道：「妳為什麼這麼傷心呢？有什麼事情不能解決的嗎？」

女孩哽咽地說：「我家境不好，父母將我賣給人做奴婢……」

「那應該不愁吃穿了，何必難過？」

「唉！說來話長。有五個人出錢一同將我買下，原本一直相安無事，但今天早上，其中一人忽然抱了一大籃的衣服要我洗，其他四個人看見，也有樣學樣，同樣抱了好幾大籃衣服給我。」

「第二個人拿來給我洗的時候，我跟他說，我得先把第一個人的衣服洗完才能洗他的，他便生氣地說自己也有出錢，為什麼還要等？然後就打了我一頓，其他三個人知道後，也紛紛打了我一頓。」說到這裡，女孩哭得更慘了。

「這些人實在不怎麼聰明，妳只有一雙手，一次只能替一個人洗衣服。但妳也太憨直了，所有芝麻綠豆大的小事都稟報仔細，當然會平白無故招來這場無妄之災。」

搖了搖頭之後，旅人接著說：「回去之後，分別告訴那五個主人，妳能同時替他們洗衣服，然後把所有的衣服都帶來溪邊一口氣洗完，再一次全部抱回家。如此一來，問題不就解決了嗎？」

世上沒有不能克服的困境，也沒有解決不了的難題，端看用什麼樣的態度面對。規矩終究是死的，而腦袋是活的，自然能屈能伸，也

能夠靈活變通。處理事情也沒有非遵守不可的「準則」，必須視現實狀況與需求彈性調整。

以職場上而言，某些事情如果能夠自行解決，就未必得鉅細靡遺地呈報。任何大小事都要報告的人，通常是對自己的判斷能力沒有信心，希望他人能指引一條明確的道路。久而久之，就會招致缺乏主見、沒有擔當之類的負面評價。同時，由於太習慣依賴他人決定，也缺少了許多讓自己成長的機會。

相較之下，腦筋靈活的人，會時時刻刻嘗試動腦解決困境，積極面對問題，處理事情的速度與態度都會有長足的進步。

有時候，「成長」是一種心態，意味著要求自己能夠對自己負責，主動訓練自身的膽量見識與決策能力。若是只懂得一個指令一個動作，必定無法讓自己更進一步。

想取得實力，還是要依靠努力

想要在任何專門領域裡求得發展，天分固然重要，但用心與努力等因素對於最後是否取得成就，影響更大。

在一間作坊裡，徒弟們全圍著師父，你一言我一語，恭賀師父此次進宮參賽所做的陶器奪得全國之冠。

「師父，您的陶藝技術天下無人能出其右，能拜在您門下學技藝，真是三生有幸！」

「師父，我只要能學得您的一些皮毛，就心滿意足了！」

每個徒弟輪流說出讚美的話，當然，其中或多或少摻雜了點拍馬屁的意味，希望能博得師父歡心，多傳授自己一點技巧。

輪到最後一個，也是最慢拜進師門學藝的小弟子。只見他大聲地說：「師父，您的功夫確實高強，但我也已經可以出師了，能夠做出不輸給您的好作品！」

師父一聽，笑著搖頭：「你進門未滿一年，又只是跟著三師兄學些基本動作，怎麼說能夠出師了呢？」

小弟子驕傲地昂起頭說：「有天分的人，不需要每天花時間重複做相同的事情，創意也不能用學習年資去判別。我既有天分又富創意，自然能夠學得比師兄們更快！」

眾師兄聽了都相當不服氣，師父卻面不改色，和藹地笑說：「既然如此，不妨現在就動手做一個成品讓大家瞧瞧吧！畢竟口說無憑。只要做得好，我就承認你可以出師。」

小弟子點點頭，二話不說當場和起泥水，姿態與身形都頗有架勢，眾弟子不禁交頭接耳、竊竊私語起來。但師父只是面帶微笑看著，什麼也沒有說。

經過兩個時辰，小弟子將作品完成，得意洋洋地送到師父面前，師父只看了一眼，便搖頭說道：「空有架式而無實力，揉土的力道不足，土胚的堅韌度不夠，無法拉出弧度完美的陶器，乾燥後易碎，這就是你現在的程度。」

眾弟子一見，果真完全如師父所言，當下更感到欽佩，小弟子被點出了缺點，也無話可說，從此不敢再提出師的事，安分地跟隨師兄學習，繼續修練技藝。

不管做任何事，都要避免妄自菲薄，更不能過度吹捧自己。認清自己的專長與能力很重要，因為這可以幫助自己找到真正適合發展的方向，但也不能因為既有的成就和天賦而自滿，忘了自己究竟有多少本事，也忘了要時時心懷謙虛。

故事中的小弟子聲稱自己是具有天分的人，所以認定自己的學習成果可以勝過眾師兄。

但是，天賦真的可以決定一切嗎？事實上，即便是真正的天才，也同樣需要經過苦心學習，才能啟發天賦的才幹潛能。

有句話說：「師父領進門，修行在個人。」想要在任何專門領域裡求得發展，天分固然重要，但用心與努力等因素對於最後是否取得成就，影響更大。

天分與成就不一定成正比，努力也不一定與成就成正比，但沒有努力，就一定達不到目標。

千萬別忘了一點，想要嶄露頭角，邁向成功，必定少不了謙虛自知與比別人更加倍的努力！

保持冷靜，就能看清楚問題

遇到問題時若能維持冷靜，以更客觀的角度看清來龍去脈，就能避免主觀思考帶來的盲點，自然不會產生無謂苦惱。

傳說，田間某棟廢棄的房屋鬧鬼，據說曾有人夜晚經過，聽見裡頭傳出淒厲的哭聲，還有人繪聲繪影地說，附近草叢裡有鬼火出沒，會將活人帶走。

種種恐怖的傳說，讓附近的居民都不敢輕易靠近。有一天，一個自恃膽大，天不怕地不怕的人聽聞鬼屋的傳說，笑著對朋友說：「怕什麼？我就偏要在裡面度過一夜，看看有什麼鬼敢來惹我！」

當天傍晚，他果然當著朋友的面，推開鬼屋的門走進去。

另一個人聽說了這件事，十分不服氣地想，既然他敢進去，為什麼自己不敢？也一個人來到鬼屋，打算證明自己的膽量。

事實上，第一個進屋的人獨自待在陰森森、伸手不見五指的黑暗中，心裡其實十分害怕，這時突然聽見開門的聲音，以為真的見鬼了，顧不得三七二十一便撲向門口，用盡全身力氣堵住大門，不讓門外的「東西」進入屋內。

門外的人十分吃驚，想不到大門居然這麼重！不過，既然那人可以進去，要是自己連門都開不了，不是太沒面子了嗎？於是，裡外兩人都奮力堵著門，彼此僵持不下，一直到太陽自東邊露出曙光。

一看到陽光，兩人都鬆了一口氣，但裡面的還是走不出去，外面的也進不了門。終於，站在外面的人忍不住大罵：「真是見鬼了！這門推了一整晚都打不開，傳出去豈不是讓人笑話？難道真的有鬼？」

待在裡面的人聽見，急忙回道：「是我！是我！你不要再推門了，快讓我出去啊！」外頭的人雖滿臉狐疑，但還是退到一邊，沒多久，只聽見「咿呀」一聲，裡頭的人一走出來便渾身痠軟地跌坐在地上。

「你該不會在門外推了一整晚吧？」

「你該不會在門內推了一整晚吧？」

兩人異口同聲地問對方，同時忍不住為自己的愚蠢大笑起來。

很多時候，恐懼與一味要強反而會讓人忘了冷靜思考，因而看不清事情的真相與問題的根源。

不管面對任何事，最重要的就是保持冷靜，隨時靜下心來，才不會讓自己白白耗費氣力在兜圈子與無謂的恐懼上。

遇到問題時，若能維持冷靜，讓自己抽離當下的情境，以更客觀的角度看清來龍去脈，並隨時調整步伐，就能避免主觀思考帶來的盲點，自然不會產生無謂的苦惱。

向前看，才能看到希望

人生充滿了無限可能，眼前失去的，也許正是為了下一次的得到而準備，只有積極向前看，才有可能看到希望。

遇到難過的事，要先讓心境歸零，不要讓那些事盤據腦海，也不要用負面的情緒折磨自己。

或許現實生活中有許多令我們感到痛苦和煩惱的瑣事，但是除了煩憂，人生中還有更多美好的事物值得我們去發現、體驗，何必陷溺於眼前惱人的小事，放棄讓自己快樂的權利？

在一個風雨交加的夜晚，有名女子失魂落魄，渾身溼透，獨自走在街道上。

路邊一名掃地的歐巴桑急忙上前拉著她，到一旁的屋簷底下躲雨，這時才發現，眼前的女子正淚流滿臉。

婦人見了這模樣，忍不住開口勸道：「這種要命的天氣，不要出來散步啦！不管有多不愉快，家裡一定有人在等妳，等雨小一點，就快點回去吧！」

只見女子低下頭，微弱地說：「但我的丈夫背叛我，我已經一無所有了……」

婦人安慰她：「呼吸不是靠別人，是靠自己！妳這麼年輕，未來還有很多時間，可以做很多事情，還會遇到很多好人呀！」

嘆了口氣，婦人又繼續說道：「人生這麼長，為了一點小小的感情挫折就放棄自己，真的值得嗎？為什麼不想想那些愛妳的人，為他們活下去呢？」

確實，當你面臨痛苦的時候，是否曾經想過，人生的目的是什麼？活在這個世上，最應當珍惜與在乎的又該是什麼呢？

與其為了不愛自己的人陷入痛苦的泥淖不可自拔，倒不如為了其他愛自己的人活得精采一點。

不只是愛情，面對各種打擊時也是一樣，與其一味沉浸在失去與挫敗的痛苦中，不如換個角度，想想自己還擁有的，並試著以此為支撐，走過波折起伏。

塞翁失馬，焉知非福。人生充滿了無限可能，眼前失去的，也許正是為了下一次的得到而準備。

人生在世，無論如何都不能忘了一件事，只要積極向前看，才有可能再次看到希望。

外表光鮮，不見得就是好

不管什麼事，都不能只注意到表象，卻忽略了真正的內在。應該經過一番了解評估再做出選擇，以免事後後悔。

一日，曾生對妻子說：「我的朋友前幾個月納了小妾，一直沒空過去祝賀，今天總算有空閒了，我要去拜訪他。」

妻子聽了，不發一語地點點頭。曾生說完便推開門走出去，心裡一邊對能夠納妾的友人羨慕不已。

來到朋友家中，就看見友人雙眼蓋著白色紗布坐在廳中。曾生問道：「你是在跟兩位嫂子玩捉迷藏嗎？」

友人一聽這話，連忙拱手苦笑道：「唉，別提了，我的眼睛是暫時看不到啦！」

「怎麼回事呢？」曾生困惑地問。

「唉，我家兩個女人都是醋罈子，就連晚上睡覺也只能正面朝上，往哪邊翻身都會被打！」

曾生瞪大了眼，簡直不敢相信。

「前兩天，我們夫妻三人同床。半夜下起了大雨，雨水和著屋簷的泥滴下來，正巧都落在我的眼睛裡，原本想側身避開，又不知道該轉哪一邊，捱到天亮，眼皮就讓泥水給固定住，睜不開了。」友人邊嘆氣邊搖頭。

就在這時，屋內傳來一陣乒乒乓乓的器物碎裂聲，曾生嚇得跳起來，只見友人老神在在地笑道：「別怕，她們倆又在吵架摔盤子了，這種事情每天都至少要發生一次。」

曾生坐得極不安穩，胡亂搭了幾句，沒等見到友人的小妾，就開口告辭回家。

從此以後，曾生再也不曾提過納妾的事了。

許多人往往會認為，得不到的，永遠最好。但是，要是真的得到了，感覺卻不見得如想像中那樣美妙

正因為不曾得到，沒有體會過擁有的感覺，自然也不會知道擁有後的酸甜苦辣，才會將一切過分美化。

無拘無束的想像當然比現實更美，但是，等真正得到後，往往會發現自己的一廂情願太過盲目，事實與幻想存在很大的落差，於是感到失落不已。

外表光鮮的東西，對任何人都具有一定的吸引力，然而，就跟「得不到的，不見得真的那麼好」是一樣的道理，無論一件事物外表看起來有多麼美好，本質不見得會跟呈現出來的一樣。

曾有人做過一個實驗，將同一罐果汁分別倒在精緻的瓷杯與普通的免洗杯中。兩者的本質完全相同，但不知情的人卻會因為外貌不同，而寧願花更多錢選擇漂亮杯子裡的果汁。

包裝華麗精美的糖果不一定特別好吃，包裝普通的糖果味道也不一定特別差。

不管面臨什麼事，千萬不要只注意到表象，卻忽略了真正的內在究竟如何。應該經過一番審慎思考，並了解評估後，再做出選擇與評價，以免事後後悔。

誠實生活，才會眞正快活

誠實讓生活變得簡單，不需刻意偽裝，不需擔驚受怕，一切順其自然，心靈與生活態度都將因此更踏實自在。

有個國王對人民下了一道命令，每個人每天都要將身體清洗乾淨才能出門，違反規定的人必須服勞役。

於是，城裡的居民人手一個裝洗澡水的罐子，只要帶著罐子走到城門口，就會有人替自己裝滿洗澡用水，隨身攜帶罐子也成了每日按規矩清洗的最好證明。

天生不愛洗澡的老張也學別人在腰間繫著洗澡水罐，藉以掩人耳目。但是，許多人受不了他身上的味道，經常捏著鼻子質疑他，究竟有沒有確實洗澡？

這時候，他便會馬上理直氣壯地回答：「當然有呀！你看我身上的罐子，這就是最好的證明。」

日子一天天過去，從老張身上傳出來臭味越來越誇張，讓人聞之欲吐，唯獨他自己樂在其中。

每日下午，衛兵會成群在大街小巷穿梭，到處尋找沒洗澡的居民。這天，其中一個衛兵抓住了老張。

老張急忙辯解：「你沒看到洗澡用的罐子嗎？我有洗澡呀！」

衛兵伸手往老張身上用力一刮，指尖立刻附著厚厚一層污垢。

「你看看，這是什麼？」衛兵挑眉問道。

看到黑黑一坨的汗漬，老張急得腦袋充血，卻一句話也說不出來，脹紅的臉頰被掩蓋在泥巴和污垢底下，唯有額頭滲出豆大的汗珠，不斷下墜。

許多人為了逃避或掩飾某些事情，於是用盡心機，甚至不惜說謊，玩弄小手段，但自作聰明的結果，往往只會落得自取其辱的下場，就像故事中的老張一樣。

要知道，就算瞞得過一時，也瞞不過一世。所有發生過的事情都會留下線索，以證明它確實曾經存在過，如同河水，縱使改道而行，原本流經的河道仍會深刻地刻印在土地上。

說謊只能敷衍、逃避一時，無法欺瞞一世，畢竟紙包不住火，終有一天會讓別人戳破謊言，到時候將使自己陷入窘境，失去說話的分量與信用，反倒不如勇敢面對來得好。

誠實可以讓生活變得簡單，不需刻意偽裝，也不需擔驚受怕，一切順其自然。更重要的是，心靈與生活態度都將因此更踏實自在。

PART 8

有信心，就能走出困境

就算前方的道路看起來既擁擠又坎坷，
但如果你能懷抱信心，
一定會有柳暗花明的那一刻。

驕傲會讓人走向失敗

不管做任何事，「驕者必敗」是不變的道理。就算能力再好，如果總是驕矜自恃、目中無人，最後必會嘗到敗果。

在太平洋戰爭中，「中途島海戰」是美軍取得戲劇性勝利的一場著名戰役。無論是從戰鬥力還是戰局來是看，日本艦隊都佔有絕對的優勢，但為什麼日本艦隊最後還是失敗了呢？

當時，日本一共有四艘正規航空母艦和兩艘戰艦，另外還有兩艘重艦，一艘輕艦和十二艘驅逐艦投入中途島海戰，這個陣容的戰力可以說十分的平衡。

相較之下，美國只有三艘航空母艦，也沒有擁有正規的艦隊，飛行隊也剛剛組織完成，還有部分戰艦甚至剛剛才維修出廠。

雖然隨行的艦隊有重艦七艘、輕艦一艘、驅逐艦十七艘，在數量上超過日本，但是並沒有過共同作戰的經驗與默契。

在航空飛機的數量上，日本方面有二百八十五架，而美國只有二百三十三架，性能的優劣更是明顯。

但是，最後日本的四艘主力航空母艦和二百餘架飛機卻全軍覆沒，導致戰局扭轉。

美國的戰爭歷史專家沃爾德對中途島海戰的評價是：「難以置信的勝利。」那麼，為什麼日本會失敗呢？

日將山本五十六的聯合艦隊自從夏威夷海戰以來，在印度洋、以及對澳洲的戰鬥中連連獲得勝利，因此非常具有自信，甚至自認為是無敵的艦隊，一定可以再次順利得勝。

戰爭初期，這支艦隊還依舊慎重的計劃戰事，也非常徹底的進行訓練。但是，連連得勝的優越感，使得軍隊的戒備因而鬆弛。

有句話說：「使勝利者滅亡的往往不是敵人，而是自己內心的驕傲自滿。」

自得自滿，本來就是兵家大忌，忘了歷史教訓的日本海軍就是因為這樣，最終才會掉進自滿的陷阱裡，吞下敗仗。

同樣的，不管做任何事，「驕者必敗」是不變的道理。就算能力再好，如果總是驕矜自恃、目中無人，那麼最後必定會嘗到敗果。

換一種想法，就能少一點爭吵

如果能想著，對方跟我一樣深愛這個人，很多爭執自然可以煙消雲散，也不會再計較誰做得多，誰又做得少了。

有一戶人家，公公因為遭雷殛而亡，婆婆從此以後便非常害怕閃電打雷。

在一個初夏的夜晚，天空中響起震耳欲聾的悶雷，還伴隨著激烈的閃電，婆婆一個人躲在蚊帳裡面，心裡非常害怕。

媳婦聽見窗外響起雷聲，知道婆婆害怕雷電，於是趕緊下樓來到婆婆的房裡，並把婆婆緊緊地抱在懷裡安慰她。

「媽，只要我們待在蚊帳裡面就沒事了。因為雷電沒有辦法通過蚊帳，而且如果要死的話，我也會跟妳在一起的。」

在臥房裡的丈夫發現妻子離開了很久都沒回來，心裡覺得很奇怪，也下樓查看，當他看見妻子抱著母親，頓時十分感動。

「妳這麼愛我的母親嗎？」兩人回到房間之後，丈夫這樣問妻子。

「在這個世界上我最愛的人是你，但是因為母親花費心血養育了我最愛的人，所以我也愛母親。」

能娶到這樣的妻子，可以說是十分幸福的。

許多家庭的婆媳問題，或許就是因為雙方不曾用更體貼的心為彼此著想，才會出現這麼多的紛爭與計較吧！事實上，如果能想著，對方跟我一樣深愛這個人，很多爭執自然可以煙消雲散，彼此也不會再計較誰做得多，誰又做得少了。

無心不是傷人的藉口

就算是普通朋友，一次無心的傷害都很有可能在對方的心裡留下難以抹滅的創傷，更何況是親人呢？

很久以前，在某個地方，據說有一個年紀超過一百二十歲的老婆婆。一天，有人來拜訪這位老婆婆。

這人好奇的問道：「在您的一生當中，有沒有碰到過什麼罕見或者是好玩的事情呢？可以告訴我嗎？」

老婆婆歪著頭想了一會兒，之後說道：「有趣的事情是不少，但是我年紀大了，腦袋不中用，全都忘光了。」

那個人想，她都一百二十多歲了，這也是很正常的。但他還是不死心，又問：「難道連一件事情都想不起來嗎？」

「既然你都這麼說了，那我就告訴你吧。我倒是有一件難過的回憶，這件事情傷害了我二十四次。」

老婆婆佈滿皺紋的臉頓時露出憂傷，接著，她彷彿自言自語般，慢慢的敘述起這段往事。

「我活到這把年紀，生了很多的孩子，還有了孫子和曾孫。但是，卻有許多讓人意想不到的事情，讓我的兒子們先我而去，甚至有的孫子、曾孫也比我早一步踏進死亡。」

「我一共參加了二十四次家人的葬禮。每一次的葬禮上，來悼念的人們總是在我面前欲言又止，我經常可以聽到他們在隔壁的房間談論著：『如果這位老太太能替他們去死就好了。』」

「這些外人還會懂得要在背地裡說，而我的孫子和曾孫卻經常在

我的面前提起。每當這時候，我簡直比死了還難受。這就是我唯一記得的往事。」老太太難過的說道。

我們經常會在無意之中出言傷害了別人，甚至以為對方是自己的親人，說話更可以肆無忌憚。

但就算是普通朋友，一次無心的傷害都很有可能在對方的心裡留下難以抹滅的創傷，更何況是親人呢？

因此，每回話說出口之前，還是要再三地思考才行！

懂得臨機應變，就能扭轉局面

經常訓練自己臨機應變的能力，遇上事情時，就可以靠著機智來扭轉整個場面，為自己化解可能出現的尷尬窘境。

有一名推銷員正拜訪一戶人家。

「對不起，請問有人在家嗎？」

在家的太太一臉不情願的來到玄關打開門，拉長著臉問道：「你有什麼事情？」

「啊，太太是不是不在家呀？」銷售員一臉疑惑的問。

太太一聽，有點莫名其妙回道：「我就是這家的女主人，你到底有什麼事情？」

「啊，您就是太太？」

銷售員一邊點頭哈腰，拿出售貨單，一邊說：「原來您就是女主人呀，我剛才實在是太失禮了。因為您的外表太年輕，我還以為是這家的小姐呢，真的非常對不起。」

聽了這句恭維的話，這位女主人馬上像小孩子一樣，態度一下子有了很大的改變。

「你還真是會說話。對了，這是什麼東西，這次有沒有什麼好用的產品，拿出來讓我看一下吧？」

在人生當中，我們有時會碰到一些事情，是必須要靠臨場的反應才能順利解決的。

有一家店的店長，一天晚上在走廊的拐彎處差點撞上了一個人。店長一向都有責罵店員的習慣，這時他想也不想，便脫口而出：

「唉呀！笨蛋！」

正當他要繼續罵下去，卻突然發現這個人居然是社長。

於是，他趕緊用手捂著嘴巴，低著頭接著說道：「您看我做了什麼呀！社長，您辛苦了，還沒休息嗎？」

「啊，原來是店長呀！」

由於他的靈機一動，只用了一句話便扭轉了可能挨罵的情況，社長也沒有生氣，兩個人打了招呼之後就笑著走開了。

平常如果我們能經常訓練自己臨機應變的能力，遇上事情時，就可以靠著機智來扭轉整個場面，說不定還能為自己化解可能出現的窘境與困境呢！

用行動代替說教

如果父母教育孩子總是光說不練，說一套做一套，那麼只會造成孩子的不信任，甚至是無形中成為錯誤的示範。

曾經有位大學教授對朋友提起了這麼一件事：「我的孩子今年五歲，大概就在半年前，不管是誰叫他，他都會熱情的回答你：『什麼事？』但也不知道是為什麼，最近這孩子卻完全變了一個人。我仔細的想了一下原因，發現原來事情的根源好像還是在我自己身上。」

「我平時工作很忙，妻子叫我的時候，我總是沒有回答她，而是繼續我的工作，每次都是這樣。也許，孩子就是因為見了我這樣，也就有樣學樣，現在別人叫他，他也都不回答別人了。」

「我認為一定要想辦法把他的習慣矯正過來，可是到現在為止，我已經試過了各種各樣的方法，但是沒有一個方法是有效的。最後，我終於想通了。」

「首先，我自己必須要在別人叫我的時候回答對方，這才是最重要的。果然，我這麼做了之後，慢慢地孩子的壞習慣也改正了，開始理會別人，家裡也重新恢復了往日的生氣。」

一位十幾年前就一直努力工作的父親，一直不斷苦口婆心地告訴自己的孩子：「你要好好念書，一定要考上大學。這可是父母親唯一的希望，所以你一定要努力，好好學習才行。」

但是，對這個孩子來說，卻覺得自己像是父母親的實驗品，痛苦的考上了本來不想考的大學，一路念到畢業。

不過，事實上這個孩子根本就不認為自己可以像父親那樣，把自

已完全奉獻給工作，甚至懷疑自己到底有沒有在這個社會繼續生活下去的能力。由於對父母的話完全失去信心，整天生活在不安和擔心當中，最後他終於自殺了。

如果父母教育孩子總是光說不練、言行相悖、說一套做一套，那麼只會造成孩子的不信任，甚至是無形中成為錯誤的示範。

千萬別忘了，以身作則才是真正而有效的教育。

決心讓人更接近成功

做任何事只要有破釜沉舟的決心，即使過程如何艱難，最後還是可能成功。

西元前二〇四年，韓信帶領了漢軍突破黃河的戰線，並且生擒魏王之後，接著便以破竹之勢進攻趙國。

「不管韓信的軍隊如何勇猛，也不過區區數千人而已，而且他們遠離故土，經過千里遠征，身心一定非常疲憊，我們只要一出擊就可以打敗他們。」趙將成安君陳餘信心滿滿的說道。

於是，他帶領了二十萬大軍，出兵攻打韓信的軍隊。

實際的情況確實如陳餘所說，但是，由於他忽略了韓信用兵的天才，才導致他後來的失敗。

當時，韓信率領軍隊抵達河的對岸，並佈下「背水陣」。看到這種情形，趙國的將領們紛紛暗地裡嘲笑他這種自斷後路的陣法。

按照常理，在河流的附近佈陣是為了防禦敵人，才把河流作為天然屏障，因而往往把軍隊駐紮在河流的後方。

但是沒有想到，全力出擊趙軍卻遇到拼死抵抗的漢軍，韓信帶領的漢軍由於前後都沒有退路，為了求生因此鬥志異常勇猛，反倒擊破了敵方的攻勢。

最後，成安君陳餘被殺，趙國的國君也被俘。

事後，有人問韓信為什麼選擇背離規律的背水一戰，韓信回答：「背水而戰確實是斷了自己的退路，而且是一種十分危險的方式，但是，只有這樣才能讓士兵們拼了命戰鬥。由於這次的軍隊，正規軍都退回國了，剩下的都是從當地召集的烏合之眾，如果後面沒有河流阻礙退路的話，士兵們一定會全部逃走的。所以我不得已之下，才佈下這樣的陣勢，以期能夠順利大敗趙國。」

確實，做任何事只要有破釜沉舟的決心，即使過程如何艱難，最後還是可能成功；反過來說，若是總想著自己或許還有退路，那麼就永遠無法下定決心把事情做好了。

小事也要十足用心

千萬不能心存「這只是小事」的念頭，以為一時的懈怠不足為奇；因為所有偉大的成功，都是由小處累積而來的！

有一家知名的鋼鐵公司，老闆叫做休沃堡，有一天，他有一件急事必須在假日趕到自己的辦公室去。

就在他要踏進公司正門的時候，一個警衛突然擋住他的去路。

「對不起，現在是下班時間，不管是誰都不能再進入公司了。」

「可是我是休沃堡，是這家公司的老闆。」

「非常抱歉，但我不認識老闆。如果您不能證明您就是老闆，我是沒有辦法讓您進入公司的。」

休沃堡實在沒有辦法，最後只好出示自己的身分證，這才得以順利的進入公司。第二天，那個警衛被叫到老闆的辦公室。他以為自己一定會受到什麼嚴厲的懲罰，但卻沒有想到，老闆竟然給了他一張正式的員工聘用書。

邱吉爾在擔任首相的時候，一次因為有急事外出，在十字路口的地方碰到紅燈。

因為當時車子很少，邱吉爾就對司機說：「沒關係，直接過去。」正當汽車要駛過馬路的時候，有一個員警擋在他們面前。

「請您向後退。」員警說。

邱吉爾趕緊解釋：「我有急事，我是邱吉爾。」

員警聽了，盯著邱吉爾的臉看了好一會兒，之後說：「邱吉爾首相是不會違反交通規則的，我看你是假冒的吧？還是快點往後退。」

邱吉爾聽了，頓時無言以對，只得命令司機把車往後退。

幾天後，邱吉爾透過警政部門，想要升這個員警的職。

但是這名員警卻認為自己沒有理由升官而推辭了。

邱吉爾於是把他找來，並對他說：「因為你忠於自己的職守，因此你一定也可以盡心盡力的緝捕犯罪分子。這就是你升職的理由。」

不管身處什麼職位，能否忠於職責是最重要的。

就算只是微不足道的建築工人，如果怠忽了職守，很可能就會因為這一磚一瓦的疏忽，導致整棟建築物傾塌。

更進一步來說，我們千萬不能心存「這只是小事」的念頭，以為一時的懈怠不足為奇，別忘了，所有偉大的成功，全都是由小處慢慢累積而來的！

有信心，就能走出困境

就算前方的道路看起來既擁擠又坎坷，但如果你能懷抱信心，一定會有柳暗花明的那一刻。

如果你能冷靜理智地面對眼前的處境，放寬自己的胸懷，活用自己的大腦，就不會為此焦躁憂慮了。

一天晚上，一隻小老鼠不小心掉進一個大木桶裡，不停的跳著，想要跳出木桶，但由於木桶實在太深，始終沒有辦法跳出來。

於是，牠開始囓咬著木桶壁，想啃出一個洞讓自己跑出去。但是木桶又厚又硬，啃了好一會兒還是不見底。

老鼠很慌張，換了一個地方又開始咬了起來。

這次還是不行。於是，老鼠放棄了這一處，又換了一個地方。但任憑牠再怎麼努力，一直不能完全咬破。

老鼠累得筋疲力盡，再也不抱希望，就在天快要亮的時候，牠終於絕望而死。

如果老鼠從一開始就專心的咬著同一個地方的話，應該可以咬開一個洞，順利逃脫才對。

在人世間，許多人就像這隻老鼠一樣。在某件事情上一時遭遇失敗，便急著換方向，結果還是失敗。

像這樣一直換工作的人，可以說意志實在太薄弱了。

要知道，在前進的道路上，要完全不走彎路是不可能的，如果一碰到阻礙就急著回頭，完全不思突破的方法，永遠也到不了目的地。

想要突破障礙，就需要靠著堅強的意志力才行。

一旦感到迷惑而退縮，先前的努力就形同白費了。

因此，不管做什麼事，一開始就要好好考慮清楚，決定了之後就要沿著自己選擇的道路一直走下去。

就像搭乘滿是乘客的公車一樣，在入口處我們總是會覺得很擁擠，但要是一直往裡面走，往往可以發現越裡面就越有空位。

所以，就算前方的道路看起來既擁擠又坎坷，但如果你能懷抱信心，一定會有柳暗花明的那一刻。

放下身段，才能走得更遠

自以為是強者而驕矜自恃的人，往往也是愚蠢的人，因為他們的驕傲，反而讓他們失去向他人學習的機會。

西漢初年，韓信以短短兩個月的時間就攻下了魏、趙、燕等諸侯國，戰功斐然。

背水一戰是他用兵遣將的一種體現，然而除此之外，韓信也是一個懂得善待敗軍俘虜的將領，甚至還曾經藉此取得了勝利。

滅趙之後，韓信立刻乘勝追擊，就在攻打燕國前的某一天，他突然把抓到的趙國軍師李左鬆綁，並且以禮相待，請教他戰術戰略。

原來，韓信對於李左的才智有很高的評價。一開始李左還極力推辭。但是由於韓信再三親自請教，他最後終於開口了。

他向韓信建議：「將軍您自從渡過黃河以來，先後滅了魏和趙，把我和大王都抓起來了，因此威名可以說是遠揚八方。」

「但是，現在您的軍隊卻因為遠離故土，連連征戰，讓將士們十分疲憊，戰鬥力也跟著低下。如果現在率領如此疲乏的將士繼續征討，只怕燕國堅固的城池會讓這場戰事延長，最後也不一定可以攻得下。如果到了這種地步，不僅達不到目的，還會危及將軍你呀！」

「所以，將軍現在最好讓將士們休息整頓，等他們恢復了戰鬥力以後，再往國境派遣軍隊，然後送上一封招降書給燕王，以氣勢壓倒對方，燕國上下對於將軍目前的大勝萬分恐懼，一定會乖乖聽話的。」

「燕國一旦歸順，您再派遣能言善辯的使者前往齊國，齊國一定也會歸順的，這樣一來，您不就能夠順利得到整個天下了嗎？」

韓信聽完以後，覺得十分有理，便採納了他的建言，果真就在一個月內，沒有用上一兵一卒就征服燕國了。

自以為是強者而驕矜自恃的人，往往也是愚蠢的人，因為他們的驕傲，反而讓他們失去向他人學習的機會。

反之，賢明的人卻可以輕易放下身段，無論對方是販夫走卒或位高權重，任何人都可以成為他討教學習的對象，因而也就能比別人悟得更多道理。

國家圖書館出版品預行編目資料

何必為了小事苦惱／
南明離火著. —第1版. —：新北市, 前景
民107.01面；公分. - (生活禪：01)
ISBN◉978-986-6536-58-8 (平裝)

作　　者　南明離火
社　　長　陳維都
藝術總監　黃聖文
文字編輯　盧琬萱・張慈婷
出 版 者　前景文化事業有限公司
行銷企劃　普天出版家族有限公司
新北市汐止區康寧街169巷25號6樓
TEL / (02) 26921935 (代表號)
FAX / (02) 26959332
E-mail：popular.press@msa.hinet.net
http://www.popu.com.tw/
郵政劃撥 19091443 陳維都帳戶
總 經 銷　旭昇圖書有限公司
新北市中和區中山路二段352號2F
TEL / (02) 22451480 (代表號)
FAX / (02) 22451479
E-mail：s1686688@ms31.hinet.net
法律顧問　西華律師事務所・黃憲男律師
電腦排版　巨新電腦排版有限公司
印製裝訂　久裕印刷事業有限公司
出 版 日　2018 (民107) 年1月第1版
ISBN◉978-986-6536-58-8　　條碼 9789866536588

生活禪
01
何必爲了小事苦惱